中国社会科学院近代史研究所

民国文献丛刊

酸甜苦辣的回味
旧游杂忆

张道藩　陈之迈　著

中华书局

图书在版编目(CIP)数据

酸甜苦辣的回味/张道藩著.旧游杂忆/陈之迈著. —北京:中华书局,2016.4
(中国社会科学院近代史研究所民国文献丛刊)
ISBN 978-7-101-11643-4

Ⅰ.①酸…②旧… Ⅱ.①张…②陈 Ⅲ.①杂文集-中国-当代②游记-作品集-中国-当代③随笔-作品集-中国-当代
Ⅳ.I267

中国版本图书馆 CIP 数据核字(2016)第 056453 号

书　　名　酸甜苦辣的回味　旧游杂忆
著　　者　张道藩　陈之迈
丛 书 名　中国社会科学院近代史研究所民国文献丛刊
责任编辑　张荣国
出版发行　中华书局
　　　　　(北京市丰台区太平桥西里 38 号　100073)
　　　　　http://www.zhbc.com.cn
　　　　　E-mail:zhbc@zhbc.com.cn
印　　刷　北京市白帆印务有限公司
版　　次　2016 年 4 月北京第 1 版
　　　　　2016 年 4 月北京第 1 次印刷
规　　格　开本/920×1250 毫米　1/32
　　　　　印张 7¼　插页 2　字数 140 千字
印　　数　1-4000 册
国际书号　ISBN 978-7-101-11643-4
定　　价　38.00 元

出版说明

　　文献史料是认识和研究历史的基础，民国史研究自不例外。为了给民国史研究者和爱好者提供史料利用上的便利，我局与中国社会科学院近代史研究所等学术机构合作，推出"民国文献丛刊"。

　　"民国文献丛刊"首批图书中，经台北传记文学出版社授权，列入了原属"传记文学丛书"和"传记文学丛刊"的一些作品，包括《刘汝明回忆录》、《银河忆往》、《逝者如斯集》、《颜惠庆自传》等十九种。

　　由于作品产生的时代背景和作者个人的政治立场的影响，一些作品中存在着比较明显的时代局限和政治色彩，一些个人视角的描述与评论，难免有不符合事实之处，反映了特定历史时期各派政治势力和社会组织之间错综复杂的关系。我们除了作必要的技术处理外，基本保留了作品原貌。希望各位读者在阅读和研究的过程中，着眼于其文献价值，辨析真伪，而获得本真的历史事实。

中华书局编辑部
二〇一四年七月

目 录

酸甜苦辣的回味

酸甜苦辣的回味

张道藩 著

第一部　自述

我怎样的参加中国国民党

我出生在贵州西部盘县城郊一个清寒的家庭。在前清时代地方上的人，虽然都羡慕我们那世代书香门第，却是暗中又在那里笑我们贫穷。在我年幼的时候，本族大部分的人还是聚居在北门外崇山营张家坡三大进古老的住宅里。我们有三个大宅院因此也有三重大门。在那些大门上除了挂着六块"进士"、四块"文魁"的横匾而外，还有满清皇帝颁赐旌表节孝的"贞寿之门"、"德寿双高"等直形的匾额。第一道大龙门前面是一个大院坝。左右两边排着七八对桅竿。那都是祖先们得过进士、举人功名的标记。至于族人当年先后中文武秀才或武举人那就更多了。由家谱记载里我知道一百多年以来族中好多位祖先们曾经先后在四川、云南、浙江、湖北、江西和本省做过官。

大官只做到知州、知县。小官则州判、教谕、巡检等等都有。我的祖父是个进士，分发在四川。还没有做到官，在他卅二岁时就逝世了。我的父亲成了孤儿，自幼失学，虽曾苦读，后来始终没有得到过甚么功名，也没有做过清朝的甚么官，但却教出了许多有成就的学生。

一 幼年环境与所受的教育

我既出生在这样的家庭，幼时自然免不了一脑子的读书、求功名和做官的想法。到我十多岁的时候前清的科举考试废除了，各省先后兴办了新的学校（当时一般人都称之为"洋学堂"），我的思想才有一些转变。我在十四岁以前读的书就是《千字文》、《龙文鞭影》、《千家诗》、《幼学琼林》、《对子书》、四书、《诗经》等书。当时的老师只教学生们读而不讲。我的悟性又差，所以读了许多书都不能完全了解，也得不到读书的乐趣。后来父亲教我读了当时编的许多新知识的书如《启蒙歌略》、《地球韵言》、《韵史》（以韵文编写中国简史）、《万国都邑歌》等等。因为是韵文，易读、易记，也容易了解，我才对于读书感觉有兴趣。我以后许多年能够随便对人说出任何一国首都的名称，他们都很惊奇。其实不过是我把《万国都邑歌》读得烂熟而已，并没有其他的奥妙。直到宣统元年一位私塾老师教我读了两本虚字会通法（也是当时的新学书之一）和一本短篇论说（记得是邵伯棠著的），我才渐渐的懂得甚么叫做文章。同时因为对于之、乎、也、者、矣、焉、哉，以及且夫、呜乎、嗟乎等等虚字的意义大致有了了解，回头再读过去读过的经书也就容易懂得多了。

到了宣统三年我考入了本县的高等小学（照当时的学制高小四年毕业，等于现在高级小学二年加上初中二年），课程中有读经讲经，才有老师给我讲解《孟子》和《诗经》。此外还有一门功课叫做"修身"。我记得我所读的修身教科书是"诸暨蔡元培"著的《中学修身》。这一本书和我以前所读旧书，以及我所受的家庭教育，使我对于中国固有的道德伦理观念（譬如忠孝等）有了很多的认识，也对我一生为人处世有很大的影响。从好一方面说，是给我打好了一些中国固有文化的底子。从坏的一方面说使我后来对于西洋文化很感觉不容易接受。这自然就是所谓"先入为主"的关系了。

后来因为族中有两位长辈在日本留学常常寄回《新民丛报》等刊物，读了以后增加了不少的新智识。辛亥起义各省先后光复，在国父和各革命先烈先进奋斗牺牲从事建立中华民国的一段时期间，我由报刊上读到许多有关革命的文告和通电，使我对于中国为甚么要革命，为甚么要推翻满清帝制政府和为甚么要建立一个"民国"有了更多的认识。我的思想慢慢的发生了变化。可是当时我绝对没有想到，后来会参加一种革命团体，成为一个革命党员。

二　秘密加入中华革命党

民国成立以后我最崇拜的伟大人物是国父孙中山先生。其次，因为读《新民丛报》，由爱其文而敬佩其人的，是梁任公。再其次，因为与自己家乡有关的，是蔡松坡和唐继尧。稍后则对黎元洪、黄兴也很佩服，以为他们都是了不得的革命人物（可是后来黎元洪使我非常失望）。当我知道我族中有一个在日本参加同盟会的叔叔家瑞，回到本省与王文华先生进行革命工作，反对当时的贵州都督刘显世，我非常的感觉骄傲。但是使我和革命党直接发生关系的人，却是我的家骏七叔。那已是民国五年春季的事了。我民国三年在本城高等小学毕业以后，因为无力量到贵阳升学去进中学或优级师范（每年只不过需费二三十银元），只有苦闷的待家里自修。

不久以后，邻县普安所属的罐子窑地方一个姓易名晓南的绅士开办了一个私立两等小学（初级和高级小学），聘我去当教员。此地离盘县有九十华里。乘滑竿须两天方能到达。月薪是当时的现银十二元（当时物价一银元可买鸡蛋三百个或最好的煤炭一吨，猪肉两角钱一斤）。我在不得已而求其次心情下接受了这个职务，于民国四年二月到罐子窑去教书。那年我十八岁，那是第一次离开父母，也是第一次离开家乡，同时也是第一次做事赚钱！本城的人因为我能够每月赚十二块银元非常羡慕。我所教的功课是两级的算术、音乐、图画、习字、体操和初级的国文。这些功课，除了体操而外，我都还能够胜任。因为我自己在高等四年八个学期考试有七个学期考得第一，毕业考试也是第一。那时去教小学正是现蒸热卖，当然可以应付的。我记得当时最难应付的不是所教功课，而是高级部的几个比我年纪大三五岁不等的五六个学生。有一个年龄廿四岁的学生最会捣乱，事事和我为难，常常提出许多刁难的问题，如果我不能解答或答错时，他就企图把我赶走。他这样一来，倒使我提高了警觉，时时小心准备教材。结果总算没有被他难倒。其实此人相当聪敏，可惜不知道把他的聪敏，用在用功读书上，后来终久因为几乎打死一个同学被学校开除了。当了一年的小学教员于我有很大的益处。第一使我因小心准备教课，觉得对于过去读过的书有了更进一步的了解。第二使我有机会学了一点与同事们相处的方法。第三使我由报刊杂志里知道更多有关革命的事情。第四使我多读了几部小说（在高小未毕业以前先父只准我读过一部《三国演义》，在罐子窑我读了《水浒传》、《列国演义》、《红楼梦》、《花月痕》、《二度梅》、《西游记》等小说）。因为已经会留心时事的关系，所以知道了中国二次革命的简单情况，也知道了袁世凯如何摧残当时的革命党和筹安会那一些人如何拥戴袁世凯做皇帝。又知道袁世凯如何解散了当时国会而登上洪宪皇帝的宝座（我的光炜五叔是当时国会参议院的议员，国会被解散后，他应云南督军唐继尧之约赴昆明做事。由北京回籍过罐子窑住了一夜，告诉我许多有关当时政治上变化的事情）。在民国五年的春天我的莲舫七叔要我替他保管一包秘密文件，并且告诉我不能让家族亲友知道这件事。万一泄漏出去让县长知道了，我们可能有性命的危险。我问他要我保管究竟是甚么文件？他说是中华革命党的入党志愿书和誓词。随即打开给我看，并且说他已经是中华革命党的党员。同时告诉我领导中华革命党的就是创造中华民国的孙中山先生，这个党最大的目的就是要打倒袁世凯的洪宪皇帝恢复共和国体。他的任务是要在盘县找五十到一百个人加入中华革命党，他希望我将来也参加做一个党员。我知了这件事以后非常的兴奋。在我保管这些文件期间，他曾经先后找到廿多人加入中华革命党。到了阴历六月中旬，五叔由昆明有信给我，要我立即赶到昆明，随同他一道去北京读书，我才将这批文件交还了七叔。在我离家前两日的一个深夜，七叔叫我填了中华革命党的志愿书，又盖了指印，并令我在家堂祖先神主牌前面小声读了誓词，又打了指模，然后他将这两种文件收好，又告诉我说："你从此以后已是中华革命党的党员了。你到北京要绝对保守秘密，不能和任何人说到你加入党的事。以后怎样和党取得联络我会想法子写秘密信告诉你，或者介绍同志去找你。"可是自从此次和七叔分别以后，我再也没有得他任何消息。我也从来没有得到过中华革命党的党证。

三 由平津转往塞外就业

　　民国五年夏天在袁世凯洪宪皇帝死了以后，国会又恢复了。我追随着五叔、婶及道同弟由昆明乘滇安铁路到海防，改乘船经过香港到了上海。五叔因为要赶在参议院复会日期前抵达北京，所以由上海乘津浦铁路火车先去北京。我带了仆人和许多行李由上海乘船到天津转赴北京。因为替五叔送贵州土产礼物给住在天津的严范荪先生，乃得拜识这位老教育家。他在前清光绪初年曾经做过贵州学台。五叔是在他任内得中了举人的，所以成了他的得意门生。严太老师见了我时非常高兴。问我到北京后是读书还是做事。我告诉他是读书。他说："南开学校是我和几个朋友创办的。我希望你到南开来读书。你的叔叔是我的门生，我希望你也是我的学生。"这是我后来进南开学校的来由。民国六年张勋拥护满清废帝溥仪复辟重做皇帝，又把国会解散。五叔失业，对助我读书发生了困难。恰巧在暑假期间笏香五叔祖被派任归绥（即后来之绥远省）、察哈尔两特别区（此两特别区当时尚未成行省）烟酒公卖总局的总办，把我带到归化城总局去工作。因此我在南开读书中辍了。这个总局之下只有张家口和包头两个分局比较是好缺。张家口局长给了当时总统徐世昌的弟弟徐某，而烟酒公卖总署署长交下来的魏毓生先生只能出长包头分局。因为当时包头及其附近几县范围以内有大土匪陆占魁，到处抢劫、杀人、放火，又包头一带鼠疫盛行，所以魏先生不愿去。后来因实无其他更好位置可得，乃不能不去，但找不到助理人员，因为谁都怕被土匪抢劫杀害；更怕鼠疫传染死亡。所以魏先生竟以"如果总办让道藩到包头去帮我的忙我就去，否则我只好打道回北京"；五叔祖不得已只好同意让我和他去。因此我到包头做过两年工作。初到半年我是个办事员，月薪六十元。后来因为我工作成绩不错，改派为科员，月薪一百元。每月除了薪水之外，我还可以和分局内同事们分享向来税收机关所有的陋规规费。每月多则得五六十元，少亦有二三十元。有此种收入已够我自己一人的开销而有余。所以我每月的薪水除了以一小部分寄奉父母添补家用而外，就存储起来作为再读书的用费。

四　响应勤工俭学决心赴法

我除办公之外不特温习旧课，同时还读函授英文和日文。我当时本有留学日本的打算。等到民国八年秋天回到北京的时候，正是五四运动进行之际，许多留日学生因为痛恨日本侵略中国，都返回祖国了。因此我也打消了留学日本的原意，再回南开学校读书。在返校之后使我受刺激最深的，是看到我两年前的同班同学们都升班了，我的自卑感使我不能安心，也不甘心再读下去。每天化很多的功夫和同学们作反日讲演宣传或参加其他爱国活动。时间一久，自己觉得终日这样做不能好好读书，不是根本爱国之道。

　　正在我彷徨不知如何是好的时候，吴稚晖先生到南开作讲演，鼓吹青年到法国去勤工俭学，我颇为所动，居然大胆的到吴先生所住的旅馆去拜访他。承他亲切的接见，诚恳的指示，并且介绍我给南开第二宿舍舍监姜更生先生，请他指导我如何进行赴法勤工俭学。当时的姜先生也和吴稚老一样自命为无政府主义者。我当时对于无政府主义并不甚了了，可是我对吴、姜两先生都很尊敬。在和姜先生两次亲切晤谈之后，我决定到法国去勤工俭学。十月下旬我向学校请了两星期的假，到上海去办护照和洽购船票。一切应办的事完毕以后，我到杭州去省视五叔祖父母。五叔祖头一天领我乘船游览西湖名胜。我谈到说要去法国勤工俭学的事，他开始并不赞成，后来因为我坚决表示非去不可，他也就不再反对。不料我第二天去向他们辞行的时候，五叔祖忽然坚决的反对我到法国去。我仍然坚持原意。五叔祖见我意志非常坚定，叫我必须先发电请求我的父母同意之后方可前去。我告诉他说："我不能这样做，如果去电表示，我的父母是不会允许我到外国去读书的，因为他们正来信要我回到家乡去结婚。"五叔祖母就对我说："你这孩子真淘气，你要知道你是一个独生子，你不告知父母就到外国去，你的父母对你这种不孝的行为不特不高兴，而且还会误会我们为甚么不阻止你。"我笑笑回答："我希望我的父母能够宽恕我这一次的不孝。我到了法国之后会详禀父母，说明您两位老人都曾经阻止过我的。"他们两位老人也只好叹气。最后五叔祖说："你一定要去，将来如果需要我帮助你的时候，只要我力量所及，我会帮助你的。"我表示了感谢之后，乘当天下午的火车到上海，住了一夜，就乘津浦路火车回到天津。

我到学校要求晋见校长张伯苓先生，将我决定去法国勤工俭学的事告诉他，满以为会得到他的赞许。哪晓得他竟大不以为然。他问我："你学过法国语文吗？"我答："没有！"他说："你这孩子真胡闹！法国话都不会说几句，你到了法国怎么能做工？又怎么能俭学？"我说："那些华工到法国去以前不是也不懂法国话吗？"他说："他们是去做简单的苦工，只要身体强壮吃苦就成。你是想去勤工俭学，你必须能够得到酬劳比较多的工作，才能达到一面工作一面读书的目的。你如果只想去做一名工人，那又何必到外国去？在中国做工不是也一样吗？看你身体这样瘦弱，恐怕想做一个单纯的工人还不够格呢！"我说："校长，我的护照、船票弄好了，无论如何我愿意去试一试。"他见我意志极其坚定，点了点头对我说："试一试，这句话说得好。你既一定非去不可，那就去试一试罢。天下许多事只要有决心去试，总有一天会有成就的。我希望你将来会成功。"接着我获得了张校长的允许离开了南开。于十一月中旬就到上海去准备行装，候船起程去法国。

五　启程前晋谒国父求教

在候船期间，我们认识不久将要同船出国的十二个青年共同写了一封非常恳切的信给当时正在上海的国父孙中山先生，说明我们转赴法国勤工俭学，请求赐一机会让我们晋谒求教。我们当时不过想试试看，原不敢想国父会约见我们的。哪知道两天之后得到回信指定日期、时间教我们到他莫利哀路的公馆见面。我们当时真是喜出望外。到了要去晋谒的时候，临时又有六个同船的青年朋友一定要跟我们去见国父。我们没有办法只好胡胡涂涂的带了他们一同去。到了孙公馆才向孙先生的秘书说明白临时又加了六个人。幸而没有遭拒绝。我们先被引导进入一个大客厅，在一个长方形的大餐桌似的桌子周围坐下。不一会国父微笑着走入客厅，我们大家起立鞠躬致敬。国父点头回礼，以右手示意说："请坐，请坐。"我们大家遵命坐下。国父按着我们呈上的名单，一一叫我们的姓名。他称我们为"某君某某"，我们一一应名起立。他看了看，点了一下头，起立者再行坐下。国父又分别问我们某人到某国去学甚么？我们十八人当中，除了五个答说是要留学英国的而外，其余都说是要去法国勤工俭学的。至于去学甚么？我记得除了三位说到英国学工科，两位说学法政，和要去法国的有两个说打算学法律、哲学等而外，多数都只说等到了法国先学法国语文，到能听讲的时候再看情形决定。

我们事前商量好了由一位比较年龄大的黄某代表我们陈述求见的意思。他的话大意如下："孙先生，您是领导革命推翻满清专制，创建中华民国的伟大政治家，承您今天允许我们晋谒求教，我们非常感谢，也认为是莫大的荣幸。您对于欧洲各国的文明、政治、学术都有深切的了解，我们恳求多多给我们指示，使我们知道怎样的好好求学，将来能够对国家社会做一个有用的人。"

　　国父微笑着对我们说："不管你们到哪一国去留学，也不论你们将来学甚么，只要你们能够刻苦用功切切实实的去学，将来一定会有成就的。但是你们要知道，我们中国虽然已经推翻了满清专制政体，建立了五族共和的中华民国，可是我们的立国的基础还没有巩固。许多官僚、政客、武人，对于共和政体还没有真正的认识。所以才有袁世凯推翻共和政体要做洪宪专制皇帝的可笑事件发生。袁世凯现在虽然已经死了，北方政府仍然在北洋军阀、官僚、政客的手里。所以我非在广东组织护法政府，重新革命不能挽救中华民国。你们也要知道中国还是一个贫弱的国家，事事都受世界列强的干涉和压迫。我们全国同胞，尤其是知识分子，必须要大家齐心参加革命，才能使中国得到独立、自由和平等。我国在各国的留学生，应该都是最优秀最革命的知识分子。可是事实上并不完全如此。许多留学好的，只知道读死书求智识；其次的只学了一些外国学术的皮毛；再次的只学得些外国人的生活享受和恶习。最奇怪的是大多数都不知道过问政治。比较起来还是留日、留法的学生好一点。比如过去留法学生在巴黎和平会议（指第一次世界大战后的巴黎和会）时的表现和最近留日学生为了爱国运动，宁可牺牲学业，离开日本，回国参加反日工作。最不行的是留英学生，他们多半误解，以为英国人民不管政治。因为受了这种影响，在留学期间或者回国以后，也就以为参预政治是不必要的。因为英国人民平时只靠他们的政党替他们过问政治，而很少直接参与。但是他们留英期间如果遇着英国一次大选，他们得到机会仔细观察就知英国人是怎样疯狂参加政治活动的。所以我希望你们到外国去不要以能读死书求得一点智识为满足。你们应该除了专门科目而外，随时随地留心考察研究各国的人情，风俗习惯，社会状况，以及政治实情等等。这些活的智识于你们学成归国之后，对国家社会会有很大贡献的。"（国父当时的训示，我原有日记，可惜已于对日抗战时失于南京，故现在只能记其大意。）

国父训示完毕看看自己的手表，我们知道这是暗示我们接见时间已完，我们就起立告辞。大家对这次能够会见国父，又得到宝贵的指示，都非常的兴奋。我自己更是永远不能忘记。我记得当时国父稍带广东口音的国语，我几乎一句一字都听得懂。国父那种安祥尊严，而又平易近人的诚恳态度，使我非常的感动。这是我第一次，同时也是最后一次晋见国父。因为到我民国十五年六月归国，国父已于十四年三月十二日在北平逝世。直到十八年国父灵柩奉安南京时，方得瞻仰国父的遗容。可是国父当年接见我时，他哪里会知道我后来竟成了他三民主义的忠实信徒呢？

六　改入伦敦大学习美术

我和四十个赴英、法留学的青年（当时同船的人，现在在台湾的有台大教授盛成和"立法委员"苏汝全和我三人），于十一月下旬某日，乘一艘名瑞秀士，载重七千多吨临时改装可载数十个乘客的英国小货船离开了上海。据上海环球中国学生会的朱少屏（好像是这一姓名）告诉我们，那是第一次世界大战停战以后载留学生出国的第二只轮船。我们临时在船上组织了一个"同舟共济会"，每星期有一次讲演，又有一次同乐的聚会。我还记得一位在广东传教廿多年的英国牧师，用极纯熟的广东话给我们作了一次传教性的讲演。当他讲演时发现我们听众没有注意听，有的交头接耳小声说话，有的皱眉头，有的看着他微笑，他颇有误会大家不愿听他传教式的讲演。事后他问我究竟是甚么原故。我告诉他说："你的广东话虽然说得很好，但是听众之中除少数五六位两广的同学而外，都不能听懂广东话，你算是白费气力了！"他才恍然大悟，叹了一口气说："我还以为广东话在中国是通行的呢！以后我要再能来中国，一定要努力学北京官话了。"另有一次是盛成先生对我们讲宗教哲学。他准备一大张纸，上面画了一个大圆圈，里面又有几道渐渐小到中心的圆圈。我只记得他指着为我们讲有关佛教的某种问题。听众的秩序也不好，居然有人睡着了。其实并不是他讲不好，实在是在座的对于宗教哲学而无研究，不感觉兴趣。再有一次是留了小八字胡很像日本人的唐应锵先生，用他带广东口音的官话给我们讲他所知道的英、法各国的风俗习惯和礼节。这次的讲演很成功。因为他所讲的正是大家要知道而且不久就会有用的。

我们所乘的船原来是要在法国马赛靠岸的，所以有那样多的留法学生订乘这只船。开船前两天忽然通知乘客赶快办到英国的过境签证，因为船公司有某种原因该船可能不在马赛靠岸而直开伦敦。因为那时由上海赴法国的船很少，购票也不容易，所以留法的人们还是决心不改乘其他的船。幸而得到环球中国学生会、上海交涉署和轮船公司的帮助，我们很快的都得到了英国领事馆的签证，如期成行。因为轮船太小，船过中国海、印度洋和绕过直布罗托海峡经大西洋到伦敦的几段时间，轮船颠摆得非常厉害。许多乘客不只是呕吐，简直像害了重病一样，卧床呻吟，既不能也不敢进食。由上海到伦敦船行了四十多天，一九二〇年一月九日到达伦敦。

船到提尔布勒码头，出乎我们意外的有石瑛、吴筱朋、黄国樑、任凯南等四位留英的老同学来接我们。领带我们乘火车抵达伦敦市中心区，把我们带到一家中国楼的饭馆。一面吃饭，一面谈话。他们把许多应该注意事项告诉我们。甚至于吃西餐时如何用刀叉，吃汤嚼东西不能有声音等，都当场表演教给我们。最后告诉我们自大战结束以后，法国军队中原来是工人的都复员回到他们原来的工作岗位，因此要找工作非常困难。提醒打算到法国勤工俭学的同学们要作郑重的考虑。因为自己既没钱，单欲勤工已不容易，又何能以工作所得来实行俭学呢。结果有七八个人改变了原来的计划而留在英国，我就是其中之一。后来我得世交曲荔斋老伯和五叔祖的帮助就留在英国四年八个月之久。先到满秋斯特一个私立中学读了半年。又转到伦敦在天主教办的克乃芬姆学院读了一年，才考入伦敦大学大学院美术部（Fine Art Department of University College, University of London.）。我是入该学院第一个中国学生，三年以后我也是第一个得到该学院美术部毕业文凭的中国学生。当时傅斯年先生就在大学院的文学院读哲学。陈通伯先生已经大学毕业，下一年就回国了。而已留英十四年的广东人潘济时先生还不想回国。

七 最后终于同意参加国民党

我在伦敦时期除读书外，和一些同学联络一些知识较高的伦敦华侨组织了一个工商学共进会，除了联络情感之外，最大的目的是要无形中帮助他们革除聚赌、械斗等恶习，鼓励他们改进他们的生活，灌输他们更多的爱国观念。当时最热心会务的有潘济时、裘祝三、陈剑修、莫耀（当地华侨）、龚某和我等人。在三年期间我们几乎每星期六和星期日下午的时间都在为此工作。三年以后居然有些成绩，我们都非常高兴。慢慢的我们将此会的工作，移转到新到伦敦的同学和更多的侨领手里。

大概民国十一年我和刘纪文先生在伦敦认识了。他看我带到伦敦的一本《孙文学说》，又仔细看了我读此书的笔记，知道我很服膺国父孙先生的主张，就对我说："你这样崇拜孙先生，你应请加入他所领导的革命党。"我说："我是学美术学文学的。加入革命党不会有甚么贡献。"他又说："革命党里无论甚么人都有用，尤其是真心诚意赞成孙先生革命主张的人。"我说："我本来出生于一个破落的世家，从小自然免不了有读书求官做的想法。可是当我在南开读书的时候，听说像北京大学校长蔡元培先生那种学问渊博，道德高尚的人还免不了受武人、官僚、政客的气。所以我到英国以后不但是不学准备做官的学科，连哲学、教育等科都不愿学，就是怕卷入政治圈里去，受那些官僚、政客和武人的气，因而选学了与人无争的美术和文学。我如果加入革命党，将来一定会卷入政治漩涡，免不了受那些混蛋家伙的气。这是和我志愿相违背的，所以我不愿入党。"纪文又说："你这种逃避现实的想法是不应该有的。你既知道那些官僚、武人、政客的混蛋，正应该加入革命党，大家共同努力把他们打倒，来改造中国。"
我听了他的话，虽也认为有道理，但是仍然没有入党的决心。
以后我和纪文的友谊一天一天的增进，他不时总刺我一句说：
"还没有决心参加革命党，打倒祸国殃民的官僚武人吗？"我
总是笑笑了事。后来邵元冲先生来到伦敦，又和纪文来谈过
许多次，一定要介绍我入党。邵先生却比纪文会说得多了。一
来就长篇大论说上二小时，并且他们要直接写信给国父介绍
我入党。我真感觉有些烦了，但是我又不能不承认他们的理由
是对的。经过了半年的时间，我为他们的热忱和诚挚的友谊
所感而最后同意入党了。

接着党的中央要恢复伦敦支部。经过在伦敦数十个老同
志和裘祝三与我的努力，伦敦支部在十二年恢复了。那时国内
已将中华革命党改为国民党。但是伦敦的同志们还没有得到
新的组织规章，所以在支部恢复时纪文先生主张先照旧的规
章恢复起来再说。当时支部内部组织，分为执行、评议两部。
选举结果裘祝三同志当选了执行长，我自己当选了评议长。这
是我参加中国国民党工作的开始。

（原载《传记文学》第一卷第六期）

编导《自救》的经过

原名《自救和第一次的云雾在南京公演以后》

（一）剧本的编译

（甲）《自救》

《自救》剧本起编的动机：《自救》本事的计划，远在民国十三年，说来好像已经是历史上的事了。当民国十三年道藩在伦敦大学思乃得美术科毕业转学于巴黎的时候，至友谢寿康先生、徐悲鸿先生夫妇、郭有守先生诸位，都在巴黎。他们是最初知道《自救》本事计划的几位。当时道藩虽然有要起编的念头，因为自己觉得学识不够，始终不敢动笔。巴黎拉丁区两年的学生生活，虽然很快的过去了，因为加入了天狗会，又给了我一部分可宝贵的材料。十五年五月中起程回国时，原来计划在船上除整理《近代欧洲绘画》一书的稿子外，就动手试著《自救》。不想同船回来的天狗老四邵洵美，整天的拉着谈他最崇拜的希腊古代女诗人Sapho。大部分的时间，就这样高谈阔论度过了。所以到上海时,《近代欧洲绘画》的稿子虽然勉强整理完毕,交给了商务印书馆,《自救》还是一字未写。

六月下旬,到了上海以后,因为应了几个艺术团体及新闻记者会的请,讲了一长篇"人体美"的演说,颇为当时上海当局所不满。又因为自己是一个中国国民党员,更为当局所注意,所以得了许多警告和恐吓的匿名信。亲友们都劝我离开上海,又恰遇我的朋友刘纪文先生由广州来电相约,于是离了不可久居的上海而到国民革命的策源地广州去。初在农工厅服务。继又奉中央派赴贵州办理党务,几乎没有被军阀周西成杀了。十六年秋九死一生的逃出了贵州,沿途得了古勷勤、刘纪文诸先生的接济,才逃到上海。当时一则因为在贵州的事受刺激太深,二则因为"清党"以后,北伐军事受挫折的危机,使我只想着如何尽党员一分子的能力,为党服务,哪里还敢再去想从前的爱人(即文艺)。自十七年三月到中央组织部工作以后,一天一天的卷入党政漩涡,混混沌沌糊糊涂涂忙乱了这六七年,哪里还有余暇致力于文艺。每逢朋友问我"近来画了些甚么画?""著了些甚么东西?"的时候,我常常愧不能答。有时想起了文艺,就像失了爱人一样,心里真难受极了。

去年中央宣传委员会及中央军校政训处,都定题材范围悬奖征求剧本。后来听说应征的虽然不下数百人,能用的剧本实在不多。我心里倒起了疑问:中国真是没有好的剧作家呢?

还是有好的，因为自高身价，不肯应征呢？要是真没有倒也罢了，若是有好的，不肯应征，又不肯自己发表，何等不应该！

有一次有一位同志从北平来，同我说起北平某某几位文人对本党文艺运动的几句话。大意说"我们做文章，不过为拿几文稿费生活。到穷极时，也未尝不可以替国民党做做文章。不过要是这样就想我们为国民党出死力恐怕是做不到的。国民党要努力文艺运动，还得从基本上做起，自己培植自己的文艺人材"。我听了这些话，一方面被那几位文人坦白的态度大为感动，一方面似乎受了很深的刺激。我常自问："本党有百数十万党员，就没人能文艺吗？说到了文艺运动，竟到了非求救于人不可吗？在革命先烈中，我们不曾有许多优于文艺的吗？现在党里的前辈先生们不是还有许多擅长文艺的吗？他们为了党国要政，疲于应付，无暇及此。我们青年同志们还不应该赶快努力以求造就本党文艺人材的基础吗？"因此我就起首鼓励同志，邀约同志努力于创作。许多同志都叹气说"不容易"。我虽然也承认不容易，心里总觉得他们太无勇气，把面子问题看得太严重了，未免就有些以他们这种态度为不然。于是我偷着下了决心，要做一点不自量力的事来把他们"不容易"的话改变成"并不难"。我自己有时也想着我有些发狂，因为我自己实在太缺乏文学的素养了。不过我一想到了总理给我们"不知亦能行"、"有志者事竟成"的教训，我仍然不自量的要发狂一下。但是问题又来了。文艺的范围何等的大，我的智识能力又这样的浅薄，从哪里下手呢？很自然的，同时也可怜的，又回想到十年以前，就想写《自救》剧本的计划了。想来想去，总是没有动笔，"不容易"的话，时常会到我耳里来。我反动着又将"并不难"的话将它赶出去。最后终于大胆的动笔了。

今年一月里，我患了失眠症。往往整夜不能成眠，越是清夜，心思越杂，苦痛万分，到后来没有了法子，与其胡思乱想，不如集中想一件事，做一件事，或者好些。于是《自救》剧本，在某一夜间的三点钟，开始动笔了。起初觉得还不错，因为写疲倦了，就可以睡得着。后来却不然了。先是因失眠而动笔写《自救》，以后又因写《自救》而失眠了。

《自救》剧本初稿，原为五幕剧。在二月初即已写完。油印了二十本，分送请陈果夫、杨今甫、柳亚子、谢次彭、傅斯年、陈立夫、赵太侔、梁实秋、郑晓沧、吴颂皋、郭有守、邵洵美、洪兰友、顾荫亭、顾夫人、王平陵、郑正秋诸位先生指教。后来先后得着他们的复信，或当面详细的讨论，承他们诸位的指示，改正了不少的错误，变换了若干的对话，补充了第四幕，裁去了第五幕。《自救》剧本修改后，勉强可以公演，我不能不深深的感谢他们诸位。尤其难得的是果夫先生，在病中给初稿很详尽的指正和批评。次彭先生、今甫先生两位，先后给了我好几封长信，指导我应该修改之点和理由，给我很好的补充内容的指示。颂皋先生指示对第四幕改正的意见，竟与今甫先生不约而同，是一件极有趣的事。正秋先生除给我长信指教而外，并且在全国电影界谈话会宴会席上，竟把我当时还未曾十分决定的"自救"二字的题名，向大家宣布了。这样一来，倒使我不再受着想题名的麻烦了。有守先生除给我指正而外，并且猜着剧中大多数人物的背景为谁，这是因为他同天狗会关系甚深的原故。立夫先生、兰友先生、荫亭先生及其夫人诸位，均先后和作长时间的讨论。我于剧本修改上，得他们教正的帮助不少。

（乙）《第一次的云雾》

这是由法国剧著家约赛叶尔满（Jose Germain）原作 *Premiers Nuages* 翻译而成的。此剧和其他几个独幕剧印成一本，题名《家庭戏剧》（*Le Theatre Des Familles*）。原书是内子民国十七年来华时带的。当我们十七年九月二日结了婚，赴杭州作蜜月旅行时，内子就拿这本书给我，并且拉着我一同先读《第一次的云雾》一剧。读完了，我们相视而笑。她说："我们也未能免俗的来作叶尔满所诅咒的蜜月旅行了。你以后却不要学剧中那一位先生。"我说："只要你不学剧中那一位夫人，我决不会学那一位先生。"结果还好我们彼此不特新婚旅行后，没有学那剧中人，就是结婚六年多的生活中，也没有演过他们那样的趣剧。不过有时候，小小口角时，我常常学着剧中先生对夫人说"你离婚好了"一句话来对付内子。她有时也自然而然的会说出"你不用对我那样讲"。这样一来，我们似大有表演《第一次的云雾》的样子。两人一笑，我们小小的闹气又消灭了。

民国十八年的长夏，我闲在南京没有事做，就把这一个独幕剧拿来翻译了。原文中有若干俏皮话，若果没有内子的帮助，连现译出的成绩也不会有的。译稿初成，我的朋友邵洵美，拿去在《金屋月刊》里发表了。到了今年二月，有一天和王平陵同志谈戏剧，他催我发表《自救》剧本。因为当时还没有修改完竣，我就将《第一次的云雾》译文生硬的句子略加修改交给他。以后在三月号的《文艺月刊》上发表了。这一次公演，因为《自救》不够一场表演的时间，所以结果选了《第一次的云雾》合演。

（二）《自救》编成后在首都及各地的公演

《自救》的初稿改正以后，恰遇南京女子中学的校长刘蘅静同志，约我去对学生演讲。我因为《自救》里正是关于女子婚姻问题，所以就大胆的将剧本对学生讲读了一遍。这是《自救》公开的第一次。剧本修改完竣，时事月报社要了去，在五月号发表了，还替我插上几幅图。以后有人以为是我自己的插画。其实这我是不敢冒贪该报插图先生的功的。

《自救》的第一次公演，是在南京女中五月二十六日的学校纪念日。我曾经去看过。女中学生以一星期的短时间，将

《自救》排演成功。各演员能将剧本读得烂熟，已不容易，虽然表演得差一点，是可原谅的。一则她们只是中学生，二则她们都是女学生，女扮男装，没有经长时间的练习，当然是不能自然的。不过演员中有好几位颇有演剧天才的表现。

再后湖北省立第二中学，也曾来信要求我准演。我复信允许过。但是已出演没有？演的成绩如何？我未得下文。要是他们曾出演，那当然是《自救》的第二次公演了。

第三次是八月中旬上海各大学剧联的公演。他们排演时，我就想去看看，因不能抽身，竟没有去。又改拟公演时去看，到时又遇他事不能离京。临时打了电报请谢次彭先生去一看。后来据谢先生说，第四幕演得很好，最可惜的是他们把第三幕裁去没有演。后来剧联会导演徐苏灵先生来信说是因为他们每次出演的戏太多，时间不敷分配的原故。上海《晨报》"每日电影"栏的投稿者舒湮君，不惟对表演《自救》公演后成绩批评得不好，而且还根据了表演时所用说明书误引剧中的对话，误会著者写剧的主要意思。竟使我百忙中不能不写信向他声明。以后他用公开的方式在"每日电影"栏答复了我。这两封信于《自救》剧本的主要意思颇有关系，所以我把它们附录在下面。

舒湮先生大鉴：

顷阅本日《晨报》（快报）大著《上海大学剧联公演

茂娜凡娜及其他》一文内,对拙著《自救》之批评,钦佩之余,不能无言。此次《自救》公演,鄙人未得目睹。故于先生对表演成绩批评之当否,不敢多言。惟《自救》剧本,原来总共四幕(全文载于本年五月份《时事月报》),系公演时改为三幕。原文第二、三幕本可作为一幕,因欲避免吃饭一段之俗套及麻烦的表演,故分作两幕。公演时竟并为一幕,不知当时究竟如何表演也。至本剧用意,虽不主张幼稚而且极端的自由恋爱,但对于强迫的盲目的旧式婚姻,是很明显反对的。如第四幕里金振华说:"在这二十世纪时代,中国还有包办式的婚姻。真是中国人的耻辱,中国青年男女的大不幸。"又如"……我们俩从前因为反对盲目的婚姻,所以要求退婚。我们现在因为互相亲爱,自主的订了婚啦!"这都是很明显的反对旧式婚姻。所以着重用"反对"、"不幸"、"互相亲爱"、"自主"等字样。不知何故(或者当时演员说错,或者先生未见剧本原文),先生将原文错引为"我们忘记了过去的盲目婚姻,从新相亲相爱的自主订婚。"(尤其从新亲爱四字,不特不妥,而且矛盾。因为金、曾二人,从前既未相爱,就说不到从新相爱。)所以对著者有"仍然迷恋封建尸骸"的批评。鄙人对此,实不敢承当。一种著作,无论得批评家好的坏的批评,假若著者不是无理性的"自是"的话,他应该虚心的反省,才会有进步的。所以在此特别声明鄙人这封信,决不是对先生批

评有所不满。不过因作剧原意与先生所见既有不同，不能不一申述也。倘蒙暇中一阅原文，能赐更详细批评，当甚感激。专此，敬颂

撰安。

张道藩敬启。

二十三、八、廿三、傍晚。

舒湮的答复：

道藩先生大鉴：

从编辑先生手里转下先生的大函，在很欣愉的情绪，读完了先生善意的指教，使我获益非浅。那天我参观大学剧联公演尊著《自救》时，对原剧本并未先拜读一过，后来写一篇东西（实不敢称"批评"），而根据的材料也便完全以当时演员所表现的和公演特刊所载的说明为准绳。因此连我也会把尊著误作三幕剧。盖当时实只扮演第一、二、四，三幕，而漏第三幕"饭后分珠"一场戏。昨天特地跑到书坊里把尊著原文匆匆读了一篇。觉得有许多对白是和当时演员所说的有些差异。譬如，先生所举的原文："……我们俩从前因为反对盲目的婚姻，所以要求退婚。我们现在因为互相亲爱，自主的订了婚姻啦！"一句，在说明里是登着："忘记了过去的盲目婚姻从新相爱的自主订婚。"（有

该特刊在可资佐证。）我因为读来觉语气不顺，故在句前加了"我们"二字。谁知竟因这个疏忽而误会了先生原意，抱歉得很。至于先生《自救》中所表现对婚姻的态度，鄙人前已说过是调和主义的了。就是先生来函也说："虽不主张幼稚而且极端的自由恋爱，但对于强迫的盲目的旧式婚姻，是很明显反对的。"既然不主张"极端"的，当然不言而喻就主张一种"中庸"之道的方式了。譬如，尊著原文借秀芝口里又说出："唔，真的不幸，那我也承认的。不过你退了她，她在中国那样的社会里，要不能再嫁，岂不比你更不幸吗？"鄙人说，先生是"仍然迷恋于封建的尸骸"，绝非一口咬定先生是主张封建的婚姻。不过因为先生既不完全接受新的自由恋爱的婚姻，当然不免局部主张沾染有旧式的婚姻哩。所以鄙人着笔时，就用"迷恋"二字，实非全称肯定的语气，原意并不如先生所见的那般严重。至于所谓新的自由恋爱的婚姻，并不一定就是"极端"的。反之，那种浪漫的恋爱，也同是有害的。新的婚姻是自主的。所以把自由的精神表现得最尖端的苏联（鄙人之意，绝非盲捧苏联，不过举此为例），在一九二七年公布的婚姻法第四条里也明文规定："欲为婚姻之登记者，须有双方对于婚姻登记之合意。……"一出戏在文字上和演出上所给人的印象，往往因表演者的关系，是不一定相同的。先生肯惠然指正，实属荣幸得很。盼望以后继续不吝赐教为感。专此，敬颂著安。

舒湮敬复。

廿三、八、廿五。

所以计算起来《自救》在南京公演虽然是第一次，但是从第一次出演算起，应该第四次了。

（三）公余联欢社戏剧组话剧股的决定公演

首都公余联欢社话剧股进行公演话剧，远在本年五月下旬，第一次开会讨论公演时，到股员二十余人，由谢寿康先生主席。开会结果，决定选《自救》和《第一次的云雾》两剧公演。

（四）导演、顾问和演员的推定

在决定公演以后，就推定谢先生为总导演，道藩为顾问。同时决定为训练人才起见，所有演员以公余联欢社社员担任为原则。当时溥希远先生曾经允许担任剧中的曾崇文。以后因为褚先生要求各演员赶速排演成功，以应中央军校第十周年纪念游艺会之请，前往表演，于是溥先生因为也要到那个游艺会表演平剧，所以不能担任，我们才改请了林亢朔先生担任。领事一角，原来是请吴南先生担任的。到八月中，因为吴先生有事打算离京，所以由吴先生推举了苏恨生先生担任。这一次参加公演的大部分演员，都是由吴先生请来，各位并且自告奋勇的认下担任各个角色。所以我们得了珍妮小姐担任曾秀芝，徐毓英女士担任曾夫人，曼琳女士担任许太太，绮罗小姐担任祝太太。郭小姐一角，发生的困难很多。最初是一位蒋女士担任，不料半途她有事到九江去了。我们得刘莪英小姐介绍了一位杨澄小姐来担任。直到快开演的前三天，杨小姐病了。我们很侥幸的请得了史藕丹小姐担任。藕丹小姐只参加排演一次，若不是她有演剧的天才和经验，在这种情形之下参加表演，决不会有我们所想不到的成绩的。杨载凡先生的金振华，张省吾先生的许绍仙，汪用威先生的姚学仪，林叶先生的曹子美，沈姬铠先生的王贵，林剑啸先生的沈厚之，都是最初就请担任了的。

《第一次的云雾》的先生和夫人，是林剑啸和绮罗两位勇敢的担任了。此剧排演的次数不过十数次，他们竟演得那么活泼动人，是出我们意料之外的。因为这一独幕剧，的确不易表演的。

（五）排演的进行

从五月内最后一星期起，每星期排演三次，皆由谢寿康先生导演，道藩勉充顾问。想不到的开始排演一星期以后道藩就病了。医生坚嘱必须静养。不得已到无锡梅园去静养了三星期。于是导演的事，只好完全偏劳谢先生了。但是又不凑巧六月中谢先生又因事离京，排演的事，只好由各位演员自己负责进行了。最可佩服的是诸位演员自动努力的精神，虽然导演及顾问都因病因事离京了，他们仍然能自动的努力进行排演。我在梅园养病，接着他们诸位的信，催我回来。却是到我六月底回京以后，酷暑的天气开始了，只见寒暑表上的热度由九十、一百、一百廿，一天一天的增加上去。大家虽然很热心，哪里抵抗得过黑心太阳的恶热呢。所以在七月初起，约有四十多天的期间，排演完全停顿了。到了八月中旬，谢先生还是不能返京。道藩受不了诸位热心演员的催责，乃决定继续排演，仍然是每星期三次。到了九月中旬，谢先生回京了，给我们极好的指导。《自救》演得假若还有点成绩的话，不能不归功于谢先生"画龙点睛"的最后神妙工夫。同时在排演进行中，杨今甫先生、徐悲鸿先生及夫人、袁昌英女士（杨端六夫人）、郭子杰先生，诸位先后来看过，都给了我们很好的指教，不能不在这里表示感谢。

（六）公演的准备

（甲）地点的选择

在准备公演剧场的选择，我们最初想商借励志社，许多人认为太偏僻，而且太像一个机关，观众恐不踊跃。其次，我们在九月中旬，有一个机会可以租用南京大戏院。一则当时准备不及，再则又有许多人不赞成，理由是那戏院附近的空气太特别。以后我们想租用世界大戏院，但是租金方面，还要讲面子才能减至三百五十元演一晚。我们这种穷干法，哪里会能有这样多的钱来付租金，只好又放弃了。最后，我们乃得陶陶大戏院经理陶良鹤先生的帮助，减低租价，租给我们公演三天。这个问题才算解决了。

（乙）办理各种请求准演的手续

公演地点、日期决定以后，我们才能进行办理各种呈请的手续。啊！这中间没有经验的我们，却碰了许多预料不到的麻烦。幸好得各主管机关的长官和办事的同志们特别原谅帮忙，使我们得在短时间将一切手续办完。这也不能不在此表示谢意的。

（丙）公演经费的筹措

因为我们知道公余联欢社经费的困难，所以不去麻烦社里筹经费，而由私人方面尽力拉借。到写至此的时候为止，约计已用去一千元，还有戏院租金三分之一未付，一切租用器具、装置电灯等项杂费，都没有付，计总共开支约须一千三四百元。廿九、三十两日售票的收入总共至多能得八百元，预料还要赔三四百元。许多朋友们说我们票价定得太低了。这话也倒不错。不过我们的苦心是在提倡话剧运动，希望多数的人可以有购票能力。这一次尽管赔钱，只要社会上对话剧有了相当的认识，我们也赔得高兴的。只要没有人误会我们公演是为营利，那就是我们的无上的安慰了。

（丁）布景

这一次公演的布景和灯光，是请罗寄梅、傅平两先生负责的。罗先生事前一连忙了两天一夜，布景的成绩如何，大家已经看见，用不着我再说。我们就不讲他布景的成绩，而论他那种肯吃苦耐劳办事审慎和镇静的精神，已经很值得我们深深的敬服了。一切关于美术告白的制作和灯光的配置，都得傅平先生的大大帮忙。戏院前那两张彩色的戏单，十足的发现傅先生艺术的高妙。还有罗先生约来帮忙布置的马先生，其负责吃苦努力的精神，也很值得我们佩服。

《自救》第一幕布景里所用的古色古香的中国刻漆木器全套，是至友顾荫亭先生家藏的古董，价值数百元。承顾先生借用，我们十分感谢。因为布景时匆忙的搬动了若干次，已将木器的漆弄坏了几小块。我们心里觉得万分的难受，别的还可以补救，这种古董我们真无法赔偿了。我们除了厚着脸向顾先生道歉外，还有什么话说呢。其余的木器，是美艺木器店借用的。他们虽然有更美观的木器借我们，但是因为我们只要布置一个俭朴的画室，所以没有借用。这也不能不在此表示感谢的。

（七）出演

一切准备工作都做得差不多了，出演的日期也到了，大家都存着又兴奋又恐惧的矛盾心情。兴奋的是先后大家努力了几个月，居然可以达到出演的目的了。恐惧的是我们之中多数人都没有经验的，万一演得不是东西，全功尽去，倒也罢了。我们提倡戏剧运动的热情，岂不要受重大的打击。侥幸真侥幸。二十八日晚全体试演以后，我们才算多少有点把握。公演三次中，也没有闹出很大的错误，这不能不谢总理在天之灵的默佑。

（八）我们对各界的批评和指教的感谢

此次《自救》和《第一次的云雾》的公演，在著者固然是初次尝试，就是演员中除了少数几位或是提倡话剧的前辈，或是表演有经验的而外，多数也是初次的尝试。公演的几天，得各方面的赞助和各界的批评和指教，我们诚恳表示十分感谢。我们已看见徐悲鸿、谢寿康、郭有守诸位先生著的长篇的评论，给我们不客气的批评。诸位所说我们的优点，不见得是我们的优点，实是太过奖了。说到我们的缺点，倒真是我们的缺点，我们十分诚恳的接受。我们希望各界给我们严格的批评和指教，使我们以后能得着进步，对于话剧有较好的贡献。

公演毕，承中国文化协会、中国文艺社、中国教育电影协会、中波文化协会、公馀联欢社、天狗会，与谢寿康先生及夫人、徐悲鸿先生及夫人、郭有守先生及夫人、张剑鸣先生，赐赠道藩及各位演员花篮鲜花等物。又承中央宣传委员会、中国文化建设协会、中国文艺社赐宴。宴后并承邵元冲先生、陈立夫先生、方希孔先生、苏拯先生诸位给我们长篇的演说，给我们不少的指示。道藩个人及全体演员和剧场服务人员，均十分诚恳的感谢。

（九）我们的希望

我们此次这很小的一点贡献，完全是由有公务和有正当职业的一些人，利用工作余暇努力的结果。我们此后还愿意利用我们工作余暇继续的努力提倡话剧运动。我们最低限度的希望是在南京能有一个俭朴而且适用的小剧场，作我们提倡话剧和教育电影等等运动的根据地。我们当然希望中央和政府能够注意到戏剧和教育电影裨益社会的效果，来建筑一个小剧场，奖勉各种提倡戏剧运动或教育电影运动的组织。如果在国难当中，中央和政府无暇及此，我们就不能不希望注重社会教育家，和喜欢话剧的人士，来给我们帮助。我们所希望的不只是物质方面的帮助，特别是精神方面，和道德方面的鼓励。我们更希望文艺界各前辈的指导，和努力文艺的青年们的创作。我们也希望有演剧天才的人们要肯尝试。如果大家齐心合力出来提倡，我们相信在首都能培植出现代中国戏剧的一点基础。我们并且相信这一点基础，于补助社会教育做移风易俗和进行新生活运动，一定能有有力的贡献。

廿三年、十、一。

（此文同时刊载于廿三年十月初上海《申报》、《晨报》、《时事新报》、

《大公报》及南京各报）

从抗战到"戡乱"笔记的片断

（自民国二十六年至民国三十八年）

一 留守南京

今晨五点起床。六时参加中央的国庆纪念典礼，七时参加国府的国庆纪念典礼。在两处庆典中，我们最崇高的领袖介公均参加，我见他态度安祥，精神奕奕，真为中华民族庆幸。今晨下雾，紫金山从山顶到半山都被大雾笼罩，敌机或者不能来。听说欧战时德、法两国国庆日，两国都能互示礼貌，不派飞机轰炸。但是我们固然不敢以此指望于我们最无理，最野蛮，最狭小，最没有人性的日本敌人！今天全国一致对前线将士作慰劳运动，我想把家里可捐的衣物检出来，捐作伤兵及难民之用。（民国二十六年十月十日）

今天慰劳委员会召集南京的歌女，和各茶社的经理，举行茶会，商议请歌女卖唱，募款做棉背心，送给前方将士。茶会推我担任主席，演说了五十分钟，很使他们感动。到会的歌女大概有五十多人。我还从来不曾见过歌女，今天算是大开眼界，这才知道所谓的歌星，不过如此，其中几乎没有一个可以称得上美丽，而又丑又蠢好像臭丫头的反而很多。最可怜的其中有十几个人，恐怕还不到十五岁，像这样的女孩子也过暗娼生涯，未免太没有人道了。

我对于请她们筹款慰劳前方将士这件事，心里有很多的感触，因为社会人士平时莫不轻视这批可怜虫，而这时却又请她们出来帮忙募捐慰劳。社会人士如果稍有一点良心，就不该利用她们那种可怜的关系去转求别人，现在捐款筹不足了，把她们也给拉出来，真是社会人士的莫大耻辱，假如我是歌女，我一定会大骂他们！

晚上又遇见一桩怪事，有人大请其客，理由是慰劳从香港到南京的十几位医师和护士，他们是来办理后方医院的，我在被请之列，不能不参加。可是没有想到，饭后竟有人大开留声机，跳起舞来，当时在场的都是南京银行界和智识界人，在前方这么吃紧的时候，将士们在浴血奋战，后方竟有人征歌逐舞，实在令人痛心！我吃完了饭看到这种场面，认为他们太不应该，因此推说有事，辞出回家。唉，中国莫非真要亡了，否则人心怎么会这样麻木不仁！我为这两件事，心里颇为愤慨。

（民国二十六年十一月）

我知道政治内容越多，越发感到政途的艰难可畏，我十几年来，只不过是为人作嫁，从来没有做过独当一面的事。但是即使这样，我已觉得自己的才智不够应付，如果要我单独主持重要事件，我将会更感无法肆应。所以世间的事，责备别人容易，自己做起来就难了。过去那些唱抗日高调的人，现在中央领导抗日的时候，他们却连一点力量也拿不出来。我不知道这些官僚政客，以及欺世盗名的名流学者，当他们扪心自问，他们会有怎样的感想？（民国二十六年十一月）

感国事之危，忧心忡忡，我独自出外，沿着广州路到清凉山的那条路上，来回缓步；明月当头，清辉四溢，勾引起我很多感想。我已和部长（按：张氏时任内政部次长，部长系指蒋作宾）谈过：假如政府迁都，南京需人留守，我志愿作为留守者之一。我愿与守卫首都将士，和南京城共存亡！

我并且说我从事党政工作十多年，从来没有自动要求任何工作，我将来要求这种工作，总不会有人笑我毛遂自荐吧！我一定要达成我这个愿望，我才能心安！（民国二十六年十二月）

领袖在南京一天，我总要想尽种种方法，留在南京不走，到了首都弃守的时候，如果我幸而不死，我也只好随着大本营人员撤退。倘使需要死守，即使大本营人员撤出，我也决心和守城将士同生死，相信那时我在城里还有许多事情好做的。回忆十年前我也曾遭遇大难，设若当时我被周逆西成所杀，十年以来的种种切切，岂不是全都谈不到了吗？

反省这十几年来我的所作所为，可以说无一事不可质诸天地鬼神，在党我是一名忠实党员，我曾为党努力，为党牺牲；从政我是一个清廉官吏，我从来没有贪污分文，这都是我可以仰瞻总理在天之灵，而无丝毫愧色的。对于家庭，我也曾得到机会侍奉了父母几年，聊尽人子之责，使我稍感心安。唯一的憾恨，是我不能为这一支人生儿育女，承祀香火，但我总算也为几位妹妹尽到了我应尽的责任。（民国二十六年十二月）

我常反躬自问，十年以来，成就何在？自己究竟有何本领，可以贡献国家？而屡屡不安于所事，究系何故？此后究想如何？应如何方能使我愉快？诸如此类之问题，我自己亦无法解答，年岁益长，自知益浅，有时竟自认为一毫无所能之尸位素餐者。凡此种种皆为神经已有变态之表征，有时亦颇自危。（民国二十七年）

二　苦难山城

昨晚敌机轰炸声刚停止，我就挤出了防空壕，登高一望见七星岗领事巷一带火光熊熊，浓烟冲天，估计距离，当在我家不远，即刻步行回去，眼见大火之处，已在嘉庐附近，施救效力极微，燃烧十分炽烈。素珊催我搬点东西，我嘴里答应，心里实在不愿意，这时候的心情，就像前年离开南京寓所以前的那几小时一样，因为我想爽性付之一炬，倒也干净！静默中忽然听到女儿说：

"爸爸！你把我的衣服拿到教育部好不好？"

这句话使我大为感动,我当然知道这是素珊见我不动,是她教女儿这样说的,于是我才将重要的衣物搬到教育部。晚间十一时,厨子送饭来,勉强吃了点饭,因为我怕残酷的倭寇,借重庆的大火为目标,再来夜袭,所以我叫素珊她们跟着最后一批行李,到部中暂避。十二点钟才送饭给她们,素珊也在惊慌劳累之余,竟食不下咽,丽莲倒吃了一碗,而且很高兴,好像以为到达了安全地点。我再回家,已经十二点三刻,赶紧就寝,希望在夜袭之前,能有片刻的安眠,可是神经紧张太过,无法睡着,正在倦极昏迷的时候,警报又来了,于是急忙起床,跑到部中防空洞,素珊母女已经先到。大概四点半钟警报解除,再回到家睡两小时,等素珊回来商定送她们到歌乐山,她们是上午十点半去的,只携带铺盖和一些衣物。临走前,丽莲喊着说:"爸爸,你快来呀!"我这时心里的难受,真非笔墨所能形容!十时三刻,到部办公,公务已无形停顿,因为有三十多位同事的家里被炸烧毁,其中多半都有眷属,除了逃出性命,几乎一无所有。

下午一时,城内忽然人潮汹涌,争先恐后的逃往城外,大家都说有警报,其实并无其事,由此可见人心的恐慌。七星岗一带既遭火焚,附近的菜市和商店都关了门,要想买一枚鸡蛋也买不到,自来水早已损坏,无水可用,家里的米刚刚吃完,也没有地方可买。厨子从昨晚十二点回家,就不曾再来,我想一定是他的家里也被炸了。素珊上山以后,既无菜米,又没锅灶,假如街上没有饭卖,连吃饭都成问题。最高领袖已有命令,从他个人以及一切党政人员的汽车,在这几天里都要调作运送难民下乡之用,一概不准自己乘坐。(民国二十八年五月三日)

昨天出乎意料之外,有一件小小的值得高兴之事,就是每月除我在校所得,还可以领三百元的补助,钱是小事,可见领袖也知道我穷,使我无限安慰。有这笔补助我每月才能维持生活,否则除自己用度而外,对于家中父母及弟妹们的教育费,都无法负担了。我希望此后极力节省,每月至少储蓄一百元,以作紧急之需,否则一旦遇到工作上的变化,就要闹饥荒,太受不了。(民国二十八年九月)

过去一年,总算上天默佑,使我们得到平安。自问对于职务,没有未尽之责,在那样物价高涨,生活大受威胁之下,自己还能够保持素来廉洁之身。今年但愿我们的亲长领袖以及我所敬爱的人们,个个获得安全,我们的国家,获得抗战的胜利。(民国二十九年除夕)

八日回到城里七星岗一看,知道会府大楼当天早晨被炸了,而且炸弹正落在防空洞口,心中吃惊不小,等我到了那里,房子虽然炸得一塌糊涂,幸而人员没有死伤。我指挥他们办理善后,下午四时才起程返校。

晚间八时与陈(果夫)先生详谈校事,毫无结果,最后我说:"我的新职务如果不立即发表,自当按照以前的诺言,继续工作到新生入校为止，如果立刻发表，我就马上离校！"谈话完了，外间大雨不止，我冒雨走两百步路回寓，并且洗了个澡（水不甚热），浴后就寝，一面因为屋里太热，一面又觉肚里微痛（其实早就有点痛了），一夜不曾睡好。

次日早晨九时起床，头发昏，一试热度，已经九十八度，到十一时，高达一百度，下午三时更到了一〇三度，直到夜里十一时方才减退为一百度。

发烧发到一百度左右时，我还请了人来，笔记我口述上总裁的呈文，他下午五时才修改誊清，我昏头昏脑的看了一遍，盖好章，就派人送到重庆。

十日早上醒转，温度虽然减到九十九，人却仍然头昏，全身酸痛，到下午温度又加到了一百或一百〇一度，晚上减至九十八度，今晨才恢复正常，幸而有医生诊治，验血的结果，知道是受暑受风。自己回想在城内数日，跑警报，受暑不小，再加疲劳，肚痛，或者因为七日乱吃了炒米茶、凉粉之类的东西，八日晚再冒雨步行，又洗凉水澡，有这种种的原因，当然会生病了。现在除开周身酸痛，没有别的病征。（民国二十九年五月八日）

七时全校员生扩大纪念周中，果公（陈果夫）宣布我就职，他报告代理教育长三年半来之校况后，令我训话，我演说约半小时，事后同事认为诚挚恳切，而且得体。其实在未登讲台前，自己尚在踌躇，不知说什么才好。平素曾对千万人讲演，从未感到慌张过，今晨因全体员生的热烈掌声，竟使我大受感动，于是稍觉慌张，有点像第一次在南京公余联欢社登台演戏的情形。一个多月以来，苦心忧虑的出处问题，终因"情感"及"命令"关系，仍作牺牲而告一段落。校事前途不但繁琐，困难也正多，此后一两个月，当为紧张重要关头，只要审慎应付，大概还不会有什么问题发生。但愿在此期间，精神身体可以支持，那就不需多顾虑了。（民国二十九年六月二十五日）

　　昨夜整夜倾盆大雨，到现在还没有停，而山洪暴发，南泉花滩溪水骤涨两丈多，目前仍在续涨之中，如果再涨一丈，校长的官舍和我的住宅都有被淹的危险，要想逃过这次水灾，除非上游五六十里一带的地方立刻停止下雨。政校校舍在溪河的西边，平时渡向东岸，除了渡船还有南泉石桥和堤坎浮桥，如今南泉石桥已在深丈余之下，那条由政校花了两万余元，由七条木船连接而成的浮桥，已经在今晨六时被大水冲毁，只抢救到三条船，冲向下游的四条船一定是毁坏无疑了。南温泉有许多房屋倒塌，溪边建筑都沉到水中，滚滚浊流里，我们已发现好几座大茅草屋顶顺流而下，由此可见上流的灾情远比我们严重。学校附近的新村，恰在两山之间，许多房屋都是土墙，一旦浸水，不几小时就告坍塌，住这种房子的教职员有三十几家，他们现已无处容身。学校的房屋，无论礼堂、图书馆、办公所、教室或宿舍，多半漏雨，许多学生夜里不得安睡，今天早晨又因为无法买到小菜，学校早先储备的干菜、酱菜、榨菜之类，都藏在防空洞里，洞前山洪成河，没法去取，于是全校师生，中午只好吃盐水稀饭。

中饭以后，打听南泉赴海棠溪公路有没有障碍，因为早晨并无公共汽车或小车到南泉，打听的结果，方知公路有数处被水冲断，无法通行，所以我对于到重庆参加美术节的事，已感绝望，可是我仍希望下午可以通车。我从早晨六时起到学校各处视察，弄得全身尽湿；中饭后，有点疲劳稍事休息，睡到三时方起，还是觉得身体不大舒畅，大概是受寒的缘故。但我仍然盼望能够进城，现在已经五点，最后一次打听，公路还没有通，到重庆的意念不能不绝望了。如果城里也下大雨，今天出席美术节的人恐怕不多，不过无论如何我自己不到总不应该，知道的人或许可以原谅，否则的话只有挨骂而已。

这里的邮局已被大水淹没一半，幸好从五点钟起，水已下退，雨亦稍停，水灾当不至扩大，据说南温泉闹水，是十几年来从所未有的事。从前的各次水灾，因为这儿人烟稀少，没人注意，听说这次倒塌冲毁的房屋在五百幢以上。大轰炸不会来，偏遇到这种大水灾，真是南温泉居民的不幸，令人不胜浩叹！（民国二十九年七月八日）

原来以为廿七日返校，今年就不必再进城了，谁知道国防最高委员会上星期六开会决定，裁撤二十几个机关，其中有国民大会筹备委员会和选举总所，这两个机关都和我的工作有关，所以今早又进城来，指示人员，办理结束，大概一月中旬，一切事宜可以完竣。以后城里既没有事，也没有必要多来，不过万一有事要来，连住处都成问题了。这两个机关的人员至少已经养了半年的老，我早就劝大家另想办法，一直无人肯听，现在忽然有六七十人失掉工作，生活顿成问题，也很可惨。至于我自己，两年以来都是拿这两个机关的薪俸（去年支总所薪，今年支筹委会薪），实际上我百分之九十的时间精力都在为中央政校工作，对这件事我早就于心不安了，将来可以名副其实的支政校的薪水，而为政校做事，这样比较问心得过。（二十九年十二月）

三　返黔省亲

民国三十一年八月十四日早晨四时廿分，由重庆珊瑚坝乘飞机起飞，七时即抵昆明，下榻于交通银行经理吴任沧兄家里，因为交行有一小汽车，原订十三日赴贵阳，任沧兄收到我的电报后，叫那部车子迟开两天，所以我能在十五日早晨八时半和交行人员三人同乘一小汽车，自昆明启程，下午六时便抵盘县。这一路的迅速舒适，出我意料之外，因此并不觉得怎么疲劳，由于时间太匆忙，未能事先电知家中，到盘县时并无一人迎接，这样正合我意，否则随便来个三两百人，那么招摇，那么麻烦，绝不是我所能忍受的。抵车站后自己雇了挑夫，挑行李进城到家父母住处，父亲母亲见我突然来了，也感到惊喜不置。家里已在城外张家坡（距父母住处约二里）老家，为我预备好住处，以便接待亲友，这以后我得每天两地奔跑。十六日是家母七十寿辰，我竟能早一天赶到，也是当初没有料想到的。昨今两天已经拜访了亲戚、族人、朋友、老师和同学三十多家，幸而县城不大，步行还不觉疲劳。不过回来以后发现若干年老的亲族、戚友、老师已谢世，活着的也都是六七十岁的人了，许多当年年龄相仿的人，见了面已不能相识，二三十岁的更弗论矣。城内街道建筑等物，除了新辟汽车站一带而外，大都没有改变，虽然破败，依稀还能辨认得出。初回家乡，觉得此地风俗环境可爱，民风仍旧朴厚，只发现许多亲友都穷得可怜，其他的事还没有时间去发掘。（民国三十一年八月十五日）

四　宣慰侨胞

　　民国三十三年元月五日离开重庆，因为是上午十点半才从海棠溪开的车，所以当天晚上只好睡在松坎，总算已经进入贵州省境，六日下午五时到贵阳，有几十位党政界的朋友到车站迎接，和民国十六年逃离贵阳的情形，大不相同，未免引起许多感慨。七日在贵阳，除了拜访党政界三五位主要人员，和两三位老朋友之外，其余的时间几乎都在接见访客，总计有七十余人之多。昨晨八时离开贵阳，九时半方在离贵阳五公里的车站买到汽油，因此动身较迟，走到安顺县和普安县之间的那段路，遇见大雾，行车极为困难，而且十分危险，下午六时到了普安县城，就不敢再往前走了。直到今天（九日）上午九时，才到盘县，因为家里房屋狭窄，将同来的同事和司机安顿在旅馆里，然后自己回家。

母亲的病，虽然已经脱离险境，但她身体很弱，而且年纪也大了，实在不能无所顾虑，最为难的是母亲如果住在盘县，恐怕她的旧病不久又会复发，要请她一同到重庆吧，一来怕她吃不消沿途的辛苦，二则到了重庆又没有陪伴侍候的人，这种种切切都成问题，我再三考虑的结果，还是请求母亲和我同去重庆，可是老人家的顾虑也多，因此直到现在还未决定。

我订在十一日由盘县到昆明，在昆明可能有十多天的勾留，如果不去保山和下关，阴历年底以前可以回到盘县，和父亲母亲同渡旧历年，母亲肯不肯和我一道走，那时候总该有个决定了。

今天到盘县，就碰到此地难得的大晴天，晚间月明如昼，使我心神为之一爽，然而家事萦心，虽然对着明月故乡，我仍然毫无快乐可言，想来我只有自认命该如此了。

十二日从盘县动身，当晚六点半到达昆明，第二天就开始工作，一星期以来，从早晨起床，到夜晚十二点或是一点钟，不是会客，就是讲演，宴会……。

二十八日晚间到达贵阳后，连日自清晨到午夜，无时不在忙乱之中，现在已经是午夜一时，贵阳的事情大致已经办好了，明天再忙一天，五日早晨就启程赴独山，转往广西，估计约三月十日左右，可以回到重庆。

这一次到贵阳、昆明，大受党、政、军及文化各界欢迎，可是整天都在讲演，座谈，会客，宴会之中生活，实在太不习惯，然而又无法避免或谢绝，因此不但感觉疲劳不堪，而且深切苦恼，因为人虽然在此，一颗心却还留在重庆，于是总想早早回渝，现在只希望快把广西应到的地方走完，我就可以踏上归程了。

到贵阳后令我感慨万千，人家都以为我是"衣锦荣归"，可以一吐十六年前所受的冤气！其实我却并不这样想。不过这次到了贵阳，才知道十六年前对我们作威作福的那一批丑类，今天几乎没有一个得到好下场的，我虽然并不迷信，但是也觉得冥冥中自有因果报应。当年在此受难的六七位同志，这次都在贵阳聚齐了，倒是很难得的事，昨天早晨，我约他们同去拜扫当年被害同志李一之的墓，中午请他们聚餐，患难余生，在十六年后得能把臂欢谈，也是人生快事之一。

我这回奉命到滇、黔、桂三省，任务本只是宣慰侨胞，但是竟有若干神经过敏的人，居然会另有猜测，说我又将膺命新职，真是可笑之至。

五日离开贵阳，下午一时抵都匀，去看了三妹夫妇，谈话一个多钟头，登车再往南走，由于下雨，沿途泥泞难行，汽车驾驶不易，尤其是公路被铁路占用的部分，附近新修的临时道路路面还不坚实，汽车开到离独山十公里左右的地方，突然陷入泥坑，费了好大的气力，才把车子推出去，有这些耽搁，到独山已经是夜晚九点了。

在独山住了两天，七号晚上十点钟，乘黔桂铁路的专车南行，汽车和车夫只好留在独山等候，八号下午两点到达金城江，车停三小时，我曾下车观览，五点钟再登行程，九号一早抵达柳州，在柳州停留六天，整日忙乱不堪，连写封信的时间都没有。十四号早晨去搭乘湘桂铁路所备的专车赴桂林，可是还没有走到车站就碰上了警报，在车站等到十点整，警报解除才开车，十五号清晨六时方才到达桂林。

从本月十五号到今天二十二号，又是忙碌不堪，活动的节目，从早晨八点到午夜十二时，都被安排得满满的，一直到今天，所有的任务总算已经告一段落，明天再去回拜回拜若干华侨和党政界的人士，再参加两次宴会，桂林方面的事就可结束了。连日阴雨绵绵，天气寒冷，到阳朔和兴安县的泰堤之行只好取消，这样也好，我将在二十四日早晨乘车返柳州，经过独山、都匀、贵阳而返重庆，预计三月五号之前，一定能够到达。

这一次长程旅行，前后足足四十七天，虽然披星戴月，长期跋涉，无限忙碌，可是身体居然能够勉强支持，每到一处地方，不但受到归国华侨的衷心欢迎，而且各界人士也都对我表示情绪热烈，前前后后，我已经讲演了六十多次，每一次所讲的都很得体。据广西方面的人士说：中央大员到桂林来的为数不少，可是从来没有像我这样受到热烈欢迎过，我也曾自我检讨在这儿的一切活动和演说，我想我大致还没有失败吧！（民国三十三年三月）

五　盘县奔丧

民国三十三年八月十四日早晨七时一刻从珊瑚坝机场起飞，九点三刻到昆明，下飞机后，出乎意料之外，已经有几位朋友和侨领在机场迎接，并且为我准备好了住处，盛情难却，只好一同前往，大家认为我想乘火车再转公路车绝对不妥，坚持为我预备小车专送，为了不辜负朋友的好意，勉强接受。

当天从早到晚，在昆明接见了几十位朋友，下午抽空出去买药，同时再去看看一雄，承他介绍预防传染的药片等等，十五日晨六时半，由华侨银公司派会计主任陪同，乘小车驶离昆明，下午四点就到家了。一进家门，满心悲酸，热泪夺眶而出，早已泣不成声，回忆二月间回家省视父母的情境，竟大相悬殊，感触之深，可想而知。

我在重庆原已有点感冒，加以在飞机上穿得太少，昆明过夜，又受了凉，伤风越来越厉害，再加上旅途劳顿回家悲恸，所以在十六、十七那两天实在支撑不住了，幸而一面吃我自备的药品，一面服食盘县医师开的西药，方始渐渐的痊可了。

十七日下午，到离城十里的地方去看先父的茔地，不合适，十八日又到城北美人山祖茔去探碣，在五族共祖成纲公的墓旁得地一穴，大家表示满意，以我的俗眼来看，也觉得一切都好，于是决定采用。

十余日来，城内乡间以至于邻县来吊唁先父的人很多（此地俗称"瞧死"，亲戚好友一定要先来"瞧死"，丧家开奠的时候才会给他通知，因此大家都很重视这个礼节），"瞧死"时孝子必须回礼，都得叩头接见，不免十分劳累。旅昆明的侨胞专派两位代表到盘县，本区的行政专员和邻县普安县长都曾亲自来吊，还得我特别招待，听说云南龙主席也要派代表专程吊奠，免不了又是一番麻烦。

到家以后，家中大小除幼妹和女仆病重而外，大妹、二妹和外甥连续染病，病势都很不轻，近日因为我逼着她们打针吃西药，方才逐渐痊愈，但是大妹和女仆仍还没有脱离危险期，她们因为当地没有医院住，一时又不能送她们回家，因此只好让她们住在丧宅，这是使我万分不安的事，幸好母亲安健，稍微叫我放心一些，可是如果这些病人不快好，母亲也未始没有受到传染的可能，我自己已经尽一切可能的方法防御，所以至今还很安全，这种病虽然容易传染，据医生说只要稍事小心，就不会有问题，我想我总不会有危险的。

丧事如照旧习办理，三天之内酒席一项至少就得五百桌，需费五十万元，二千人的孝布，每人约需二十五元，也要五十万元，孝服三十件（应该服丧而不在家的除外）约五万元，其余一切费用约四十万元，这样算下来最低限度要花一百五十万元。因此我决定大事改革，除开近亲近支，不致送孝布，也不备饭招待，这样三天里面只要开一百五十桌就够了，算它十五万元，其它孝布五万元，孝服五万元，一切丧事用费四十万元，也还得花费六七十万元，而我来回的旅费还没有计算在内。

所以要花这么多钱的缘故，因为盘县的生活程度受到昆明的影响，除了米价和重庆相同外，其他物价都比重庆为高，譬如鸡蛋一枚需六七元，八寸宽的土布要八十元一尺。

在礼数仪节方面，我的改革也很多，不特为了省钱，借此也可转移风气，对于我的计划，这几天里有若干人赞成，也有若干人作无聊的批评，我对后者只有置诸不理。

家里的地方狭窄，除了家祭以外，又在一座小学里借了地方设奠，这样就可以仿照重庆开追悼会的方式了。我准备每一位客人送一份茶点，以五十元一份计，两千份计需十万元，讣告就在这儿用石印制发，每份廿元，只印一千份，盘县方面不识字的人家不送，有五百份足够，昆明、贵阳各一百份，重庆和其他各地约三百份，字由我自己写，写得虽然不好，但求没有错误脱漏就行。在此地印讣告有两重好处。一来免得周折费时，二来本地只有石印，讣告里的遗像题词石印印不出来，当能得到人家的谅解。

葬期现在定为八月十六日,因此十四日家祭,十五日在小学校设奠,十六日出殡,茔地离城约八九里,营葬预备用露营方法,在墓地住三五天。

　　经济方面我已有筹划,大概先后总共筹足六十万元应该不成问题,至于以后怎样偿还,只有将来再说了。

　　父亲丧事经过三星期的筹备,大致已就绪,后天家祭,十五日在师范附小设奠以便各方面举行公祭,十六日上午二时,先发引移灵,九时起送灵柩出城,在街道上走比较慢些,恐怕要到十点半才能抵达城北大桥,送殡的亲友就送到那儿为止,我随灵柩到坟上,大概下午一时可以到了。我想在山上住三五天或是一星期,等坟墓造好,再由佃户守一个月坟,我就回家料理结束的事情,希望九月一日到五日之间,能移动身到昆明,九月十日左右回到重庆。

　　贵州省吴鼎昌主席委托本县县长代表致祭,倒还简单,云南省龙云主席派平彝县县长来祭,还有普安县长和大乡绅三五人来祭,招待就麻烦了,只好租一家旅馆备用,在这里除了诔词和挽联以外一概不收,所谓提倡改革,充其量只做到一半,用素笺写诔词的固多,祭幛也还收到了卅帧,挽联更多达一百二十多副,留在重庆的还不计算在内,这种无谓的耗费,真是可惜。

　　十六日凌晨一时,我在家等候二时到三时奉移父亲的灵柩出门。

丧事，可以说已经办完了百分之八十，前天、昨天、今天，一连晴了三天，一切事办得都很顺手，十三日晚招待帮忙的执事人员约两百人，昨今两日招待来宾饭食约计一千二百人，总共开饭一百六十桌，明早出丧招待约四十桌，跟原先估计的二百桌之数，倒还没有超出。今天上午假师范附小设奠，到场吊祭的约一千人，每人敬茶一杯、价值六十元的饼一枚，除了集体公祭外，各机关团体等都是分别吊祭，以致行礼的时间继续到二时半之久，我和二妹肃立还礼，勉强支撑到最后，一连两次几乎要昏倒，居然也就这么撑过去了。二妹病愈不久，她当然比我更苦。云南龙主席和民政厅长派平彝县长代表，专程到盘县致祭；贵州吴主席派的代表就是本县县长，贵州民政厅长则派邻县的晋安县长为代表，此外安南县长是从一百多公里开外赶来的，还有从邻县远来参加祭奠的十余人，都得特别招待。一切的祭礼都有所改革，倒还能得着若干人赞同。这次办理丧事，在盘县除开至亲的祭席祭幛，猪羊三牲等不能不收，其余亲友只收诔词、挽联，送钱的人不拘数目多少全部当场婉退，还好没有人说闲话。

　　今晨的仪仗，只有一座像亭，一座铭旌亭（以委座亲笔题字搁置其中），和委座再电贵州省政府致送的"穆竹清风"匾额（用纸写好贴在木框子里），后面就只是执绋人员而已。好些人要我把祭幛卅余帧，挽联一百八十副，雇人抬起，走在灵柩前面，作为仪仗的一部分；又有许多人提议按照老规矩，用高脚牌写上我自己以及族人做官的官衔，列为仪仗而来炫耀于人，我都认为可笑，一概拒绝采用，因而曾使一部分人大不高兴，我也就不去管他们了。

今早二时半发引，九时起出殡，我跟着灵柩上坟山，要住五天到七天才能回家，再留一个星期，结束一切，就可以动身回重庆了。（民国三十三年八月十六日）

六 独山之役

民国三十三年十二月四、五、六日，三天里军情极为紧急，自从我军出击，将敌军阻截在平舟，收复了八寨，然后又夺回了独山，形势就比较稳定一些。独山收复以后，大军逐步向南追逼，现在六寨也已克服，可以说贵州省内已无敌踪，局面更加好转了。

贵阳的人心渐渐安定，只是日用品物价，要比紧张以前涨了一两倍。我唯恐疏散太迟，会妨碍军事交通，因此尽量鼓励民众疏散，时至今日，虽然已经疏散了几万人，但是先后逃难到贵阳的军事有关人员和他们的眷属，以及普通难民，仍旧还有两三万人之多，同时援军陆续开到，贵州交通不便，将来一两个月后，粮食供应一定大感困难。

四天以来，我除了忙着指导地方政府招待，协助过路援军以外，大部分时间都用于督促收容并接待难民，到今天早晨为止，五个难民所已收容四千几百人，陆续来的还有几千人。所以今天下午我已紧急应变，把省党部、省青年团部、市党部等等机关，统统改做难民招待所。

文化界人士留在贵阳的，总共有四百多人。我决定把他们之中的妇女、小孩用汽车疏散，其他的人补助旅费，步行出发，他们差不多都是要到重庆去的，迄今送走了七十名妇孺，剩下六十七位明天乘车启程。华侨中比较有钱的都已经帮助他们离开贵阳。

我们这一次南来的作用，远超过自己事先的估计之上，近日有人说"毕竟贵州人比广西人高明点，那些广西的党政高级人员，形势一紧急立刻就先跑，我们贵州的中央大员反倒在这么危险的时候来贵阳。……"这种话说来也未尝没有道理。

今天下午视察各难民招待所，见到难民们形形色色的惨状，心里万分的难受！每当我看见一个小女孩，我就会想起，假如我自己的女儿不幸沦落到这种地步，我将作何感想？我将有甚么话说？这些妇女、孩子，都是人家的妻儿或者是爱人，她们自己在这么样的受苦受难，而她们的父母、丈夫、爱人生死未卜，她们的内心里正有着多么深巨的悲痛！回想我们七年半的战时生活，安居乐业，足衣足食，又跟平时有甚么两样？如果拿我们的生活来和这些受难的同胞比比，试问我们有哪一个人能够不感到内心惭愧！

我这次能有这么好的机会，赶来抚辑流亡，为千千万万的难民服务，不但对公家聊有贡献，我个人心里也觉得无限的安慰。至于贵州人见我能在危急之时远来和他们共患难，因而给了我很高的评价，那是还在其次的事情了。

十四日率领贵州各界黔南慰问团团员十余人出发，当晚宿贵定，十五日宿马场坪，十六晚上到都匀，沿途慰问受难同胞，视察并指导救济外来难民的工作，沿公路所经各地民家，或被散兵，或被土匪，或被饥寒交迫的难民抢劫滋扰，可以说是十室十空。都匀城居民约四千户，被烧的达三千家，全是散兵乱民放的火，无家可归者，达二万数千人，损失在三十亿左右！今天停留在这里工作一日，明早就去独山，估计要在十天以后才能回贵阳，年底之前回重庆是无论如何来不及了。

近日虽然很忙乱，但是工作得非常起劲，身体也好，饮食更佳。这一带天气极冷，山巅的积雪还不曾溶化，似乎根本就没有天晴的希望，幸好我把皮大衣带来了，否则真是无法抵御这样的严寒，那我一定会生病。

在都匀所写的信，临走时事情一忙，竟会忘记投邮，一直到独山才发出。独山邮局人员是和我们一同进城的，所以那一封信是独山邮局恢复业务寄出的第一信，很值得纪念。

独山城里城外的房子，烧掉了百分之九十七八，这么大的一座城，剩余的房屋寥寥可数。慰问团到独山已经四天了，除了以一百万元慰劳追击敌人的部队，并拨出三百万元充作地方受难人员紧急救济之用，可是城里的居民早已逃避一空，最近十天以来，回县城的只有一两百人，因为大多数人即使回来也找不到容身之处；现在城里有六七千位难民，他们之中多半是先被敌人截在后头，四散逃进山里，等敌人退却再出来的。这些难民曾遭敌人抢劫，然后又被土匪掳掠，有被抢十次八次者，其中以铁路员工和他们的家属占多数，总之，难民里除百分之五到十是真正的老百姓，其余都是公务人员和眷属。最惨的是老弱妇孺，从柳州到独山，这次饿死冻死，或被杀害的至少也有五万人，自独山到贵阳因冻馁而死的亦达数万人，悲惨的程度决非笔墨所可以形容。因此我每到一处总是立刻指挥党部、团部工作人员，协助政府救济难民，我认为这是当前最重要的工作，人命关天，刻不容缓！我觉得我这样出外工作，确实比在重庆当部长有贡献得多，虽然不免吃苦冒险，但是我只求于人有利，对公家有贡献，我就死也安心！

二十六日回到贵阳，立刻就忙着办理中央战时服务督导团各队出发的事：其中有筑昆、筑湘（到沅陵为止）两县各队，和独山、都匀两县各队，我把他们在元月二日送走以后，接下来又要进行迁移办事地点和住所，忙忙碌碌直到昨天方始大体告一段落。而每天访客太多，想得片刻的休息都不可能，我原想从独山回贵阳后就转返重庆，讵料中央有战时服务督导团的组织，指定交我指挥工作，为期共是两个月，这也就是说，我的任务将要到二月中旬才能完成。

这几天贵阳的天气极冷，通常只有华氏卅五度，终日细雨霏霏，泥泞载道，走路稍不小心，就会滑跌摔倒，过些时要到贵州南部去，吃苦冒险的事还多着呢。

二十七日下午二时半回到重庆。

七　胜利收京

民国三十四年十一月十日，上午九时三刻起飞，下午一时三刻便平安抵达南京，暂时住在励志社，吃过饭，马上到上海路合群新村和傅厚岗等地去看房子，我在合群新村的那幢房子还好，损坏的部分很容易恢复，不过屋里的家具器物荡然无存，竹篱笆零乱不堪，园子荒芜得不成样子，花草树木，毁死不少，留存的都长得很高大了，此外浴室还算完整。我在上海路那幢房子已很破旧，树木还好，原来的家具只剩椅子小桌六七件，勉强可以住人，这是我留周振武住在那儿的功劳。

晚赴卓衡之同志约，吃过晚饭，和冷容菴同志到他的寓所长谈。十一日早晨去陆军总部，访萧参谋长，冷副参谋长，商洽接收前公余联欢社房屋事项，和萧参谋长到公馀联欢社察勘后，萧决定由公馀联欢社及文化会接收。中午马市长约宴，下午视察国民大会堂，晚上南京党、政、军各首长公宴孙院长和我，以及同来的同志多人。

十二日是先总理八秩诞辰，早晨八时谒陵，看不出什么损坏的痕迹，只是陵园新村的房子一幢都没有了。十时参加首都各界纪念总理八秩诞辰大会，孙院长主席，后来吴秘书长也赶到参加。我虽然是主席团之一，但是因为时间已晚，不愿演说；中午我一个人到龙门饭店用餐，吃了一盘炒虾仁，一盘金银肝，一碗菠菜鸡片汤，连茶饭小账一共付了一千八百元，比重庆便宜多了，可是较一月前的南京物价涨了至少五倍。下午视察国民大会堂，考虑怎样修理。四点半到六点半在太平路一带步行，看看商店物价，据说一般物价和两个月前相比，涨幅高达十几倍。

晚间八时访孙院长，十点去看吴铁老，一同到中央饭店隔壁的大明湖澡堂沐浴，铁老说："这是抗战八年以来，第一次洗了一个舒服澡。"当时我也颇有同感。

十三日一早，访客极多，下午两点又到公余联欢社和唐先生商量接收房子的事，两点半和刘光斗、徐工程师研究怎样修理大会堂，下午四时回励志社写信给叶楚伧、洪兰友，说明我对修理大会堂的意见。

南京城里秩序很好，处处安静宁谧，可是还没有完全恢复从前的热闹繁华气象，十日、十一日天晴，感觉非常痛快，昨今两天天阴，但仍觉比在重庆新鲜。励志社已整修一新，只供住宿，没有餐厅，甚为不便。这几天幸亏借到一部汽车，否则跑来跑去真不方便，昨天坐一次洋车，觉得远较重庆舒适。目前在南京，八点以前到外面吃早餐，只有吃小馆子里的稀饭，所以我准备了些蛋糕作为早点，可是既无咖啡也没有鸡蛋，稍许觉得不习惯。

连日虽然忙碌，但是睡眠还好，饮食方面，由于应酬太多，简直无法注意，不过我还是在吃张简斋的药，希望到上海后不致太累。在南京最重要的工作是接收办公房屋，但愿明后两天可以办完，十六日能到上海，两星期后回南京，再住一星期左右，我就回重庆了。

这几天心神极不宁静，很像大祸临头的样子，果然，今天下午五点接到家信，说是母亲生病，信上虽说病势已经减轻，可是族叔附来的信却叫我自己斟酌，是不是应该回家一趟。我心里明白，一定是母亲的病还没有脱离险境。

我原想取消回南京的计划，兼程赶去盘县，可是一切都准备好了，已经来不及更改，我只好先回南京。万一母亲病重，我一接到电报，立刻就由上海直飞昆明。（民国三十五年四月）

八　首都撤退

三十八年元月二十五日下午三时半，参加立法委员座谈会，讨论迁往广州的问题，我还发了言，当时没有一个人知道我明天早晨就要离开南京。廿五日上午十一时，李宗仁约我谈话，我准时去了，心里不免有许多怀疑，到他家后等了一刻钟，还不曾延见，我又觉得有点奇怪，后来他的副官来说：因为居院长没有谈完，请我再等几分钟。不久，就请我进去，一看，居院长还在，我随便应付了十五分钟，翁文灏又来了，我正庆幸人一多可以避免谈什么问题，果然谈了二十分钟时局我便起身告辞，并且表示要是再有机会，我将贡献一点意见。六点钟后回到家里整理一切，不会客，也不接电话。廿六日早晨五点钟起床，六点三刻出中山门，先到总理灵前行礼告别，汽车迎着一轮旭日向东行进，当时阳光普照，郊外空气清新，四周气氛宁静异常，然而我却怀着极沉重的心情，离开了我们的首都。简直诉说不出心里是什么滋味，整个人都觉得麻木了。

车子开上了永安公墓对面的公路，本想开进墓地，到母亲的坟前告别，但是因为车子过重，不易前进，如果走路过去，又怕腰痛作碍。只好在公路旁的小山顶，遥遥的向母亲坟墓拜别。

前几天曾听人说，京杭国道路上有伤兵骚扰过往车辆，一路很耽心事，幸而没有碰到。到了天王寺附近，卅二号车后面的弹簧断了，大费手脚，勉强修补前进，速度只敢开每小时十二公里，因此下午七点才到宜兴。进了城先到精一中学，但见学校里已经住满了兵，再找到伯威兄的新房子。由于今天早上起身时家中断水，大家都没吃早点，路上每人也只吃了几片面包，直到晚上八时，才在伯威兄家里吃晚饭，所以人人狼吞虎咽，连我都吃了满满的两碗。

廿七日早晨我和伯威兄出城，到车站找站长，递过名片，陈站长立刻答应代寻技工修车。这位陈站长曾在贵阳工作三年，日军侵入贵州南部的时候，我在战地和贵阳的工作情形，他都知道，同时他也晓得我是盘县人，对我相当敬佩，因此我才得了他的热心帮助。十一点多，车子修好，据说开到杭州是决无问题的，于是我们吃过中饭就离开了宜兴。在抵达长兴以前车子始终不敢开快，后来在路上计算时间，这样开法当天绝对赶不到杭州，所以我就叫他们加速行驶。开快车不到半小时，卅三号车后胎爆炸，幸好有备胎，化了五十分钟换上。原来打算到不了杭州就在武康过夜，但是换胎以后，冒险每小时开四十公里，到武康一问城里没有旅馆，我们再鼓勇前进，居然在七点多钟，平安无事的抵达杭州。

杭州的旅馆大都客满，我们到时刚好有许多住客回家过年，因此在西湖饭店找到两个小房间。八点钟原想上"楼外楼"吃西湖醋鱼，但是已经打烊，只得进城去找饭馆，大多数的饭馆都关了门，好不容易找到一家小馆子，大吃其面和年糕。旅馆房间虽小，倒还可以住。

伯威兄还不能决定要不要离开宜兴，我跟他稍微分析了一下共产党的作风；不过我不敢多说，因为我恐怕他万一不能离开的话，反而会增加他的恐怖之感。

南京方面的情形，廿五日只能开出两班车，下关一片乱糟糟的，旅客只要能够挤上火车就行，买不买票根本就没有人管。各机关都在加紧疏散，就是苦于交通工具缺乏，像立法委员、监察委员和中央党部职员就需要八百人乘的火车，哪一天能够走得成还不知道。共军已到浦口，假如向车站开三五十炮，车站一毁，秩序必定大乱。

三十八年四月二日清晨，匆匆赶到车站，幸好没有误点，车开时，窗外细雨霏霏，一小时后，大雨滂沱。到上海西站，雨势更如倾盆而降，幸亏有人来接，否则必将困在站上，无法离去。今天上下午都要开会，是否要去广州，大致会后可以决定，因为七号广州有重要会议，要去的话行期或在四号、五号，最迟也不能超过六号。

上海现钞奇缺，昨天早晨在杭州车站，他们都没有现款，罄我所有，再加上三块鹰洋，才解决车票问题。因此到了上海我竟没钱吃中饭，好在用餐的地方是青年馆，我掏出名片，自我介绍，账房才准我欠下三万三千元的饭费。当时我也曾拿出五元美钞请他们找补，可是饭馆实在找不出来。前天上海大头（银元）价格竟然高过美金，昨天美金的价格方始稍微提高；上海的金融这么混乱，以后还不知道将会乱成怎样呢？

昨天中午开会，决定约集在上海、南京两地的中央常务委员，和中央政治委员会委员，同乘六号早晨的专机飞广州。我本来希望下午四时搭车回杭州一趟，明天下午再乘车赴沪，可是现在已经办不到了！因为今天下午四时和明天早晨都有重要会议要开。我现在真是心乱如麻！

在上海两天，根据所得各种资料判断，对于和谈前途，毫无乐观迹象，只要联合政府成立，我们就等于失败投降。……

九 自穗来台

　　我定于明天上午九时，和十几位中央常务委员，从上海江湾机场乘专机赴广州开会，只要中央不坚持非留我在广州不可，大约十天左右即可回到上海。这一次和谈，如果成立联合政府，那么我势将远走广州、台湾及福州，绝对不能再留在沪、杭两地。以上三处地方，自然最好是到台湾去，免得一迁再迁。今天和虞文详谈，据说在五百元美金之内，就可以在台北顶到很可住的三五间房屋，而且还是独门独院，这在上海是无论如何办不到的。至于赴台湾的旅费，一个人至多美金六七十元，同时台湾的生活程度并不高于上海，有三百块美金，就能换到台币两千万，每月收六七百万的利息，足可应付一个月的生活费用，在台湾有许多人都是这样过活的。如此算来，旅费、顶房子、买家具，连同一年的生活费，就算一年以后两千万台币贬得不值一文吧，有一千块美金尽够生活一年了。

（民国三十八年四月）

　　六日上午十时，从上海江湾机场乘军用专机起飞，下午三点多钟到广州。到此三天半，大部分时间花在开会、宴会、拜客和接待来访朋友，搅得头昏脑涨。七日从上午九时到午夜一时，除午晚两餐时间以外都在开会。这里的中常委和立委同仁都不让我回上海，可是我却非回不可，迫于无奈我只好告诉他们我只要回上海一星期就再飞粤。

廿六日我和谷君抵达龙华机场后，直到下午三点一刻才起飞，晚间八点半左右降落广州白云机场，由中国航空公司的大客车送进城，我取了行李搬到旅馆，时间已经是十点多了。在旅馆里住了两天，因为太闹，而且自己心神不宁，睡不成觉，廿九号改住交通银行二楼宿舍。宿舍人不多，虽然比旅馆清静，但是窗户外面就是大马路，车辆行人和广播音机的嘈杂声浪，从早晨七点到深夜一时，一直吵个不停，因此还是无法成眠，现在只好希望多住些时或许能够习惯一些。昨天朋友介绍去看房子，两卧一厅的中上等洋房，有卫生设备和小厨房的，每月租金要港币三百元，预缴八个月房租，实际上却只能住六个月，其中两个月的房租叫草鞋费，算是租客白白的牺牲。照广州目前的情形来说，像这样的租价还不能算贵，我们去的时候，早已有人捷足先登了。

我在这儿吃住都成问题，如果能够租到房屋，找两三个单身朋友同住同开伙食，既经济而且也安静，可是就不知道能否如愿。今天我才晓得英、法各国的民家，拿多余房屋租给别人的习惯实大有可取，可惜我国大都市都还没有这种风气。至于立法院的宿舍，我是不想去住的，因为几十位委员住在一起，很容易闹是非，同时也无法得到安闲，其结果一定是得不偿失。

大局仍然不可乐观，如果淞沪决战能予共军重创，而桂、粤、闽各省也能赶快增加并部署兵力，以确保最后基地，那么大事还有可为，否则的话，二三个月后或者会更严重。（民国三十八年四月）

根据这几天从上海传来的消息，战事还没有在近郊展开，而上海的物价暴涨，居民不但安全受威胁，食物方面，尤其大感困扰。

九八七号汽车卅日已从上海运上宁远轮，不日可以到广州，花了不少钱的运费现在还不晓得。广州市面很大，我的公务又繁，没有车子简直不能出门，要等车子到了才能够解决这一个行的问题。

政治上核心问题很多，如果不能解决，不出两个月一定会有大变故。我准备十多天后到福州、台湾去一趟，除了随身衣物外所有的东西我都将带到台北，因为无论如何台湾总是最安全的地方。

天天想来台湾，而迟迟不能成行，心里真是万分的懊恼。前天已经订好十二日飞福州的机票，原想在福州停留几天，就飞台北，结果昨天又因为临时有事，不能离开广州，只好把票退掉。现在是更不晓得哪一天才能够走得成了！战局不可乐观，时局越来越紧，也许就在月底以前，我不想来台湾还不行呢。

我现在住的地方，本来已经有了六七个熟人，再加上许多立法委员住在附近，每天除非我不在家，成天不断的有访客，往往到夜里十二点甚至于更晚，还有客人在座，我虽然万分厌倦，却苦于无法避免。从十二号到十五号，下午晚上都有会议，忙乱倒还不在乎，偏偏令人愤恨的事情太多，因此使我精神上非常痛苦。十四号晚上冒着暴风雨出去开会，路上受了风寒，喉咙哑了，胃部更疼，直到今天才好些。

大局前途无望，我无时不想离开这儿到台湾，然而在这样危急的局势之下，以我的地位和各种关系，还有我所负的责任，我实在是不能离开。我对于局势的艰危并不忧惧。广州已经开始疏散，人心不免慌乱，交通工具也在渐渐的困难起来。我们的机关将要搬到哪里，一时还没有决定，不过我是无论如何都要先来台湾的，目前所耽心的只怕临时找不到交通工具。

汽车运到广州码头，前天才提取出来，又多花了一百多块美金。我本来想把它卖掉，拿卖得的价款还掉在上海所借的运费，可是这儿跟两三星期以前的上海一样，汽车没有人要，即使想贱卖个六七百块美金也找不到买主。广东各地的公路，不是已经不通就是路上有强盗土匪，车子当然开不出去。现在只有找轮船运到台湾这一条路子，万一运到台湾还是不好卖，那就又吃大亏了。实在想不出办法，到时候也只好丢在广州了事。

现在我只两套夏衣，实在是不够换洗，我本来想到香港去买一套，可是始终没能去成，几天前将较厚的那套送去干洗，于是就只剩下一套了。偏巧那天碰到大雨，天气一凉简直找不到衣服穿，幸亏陈惠夫借了一套衣服给我，穿了三天，这真是我生平从所未有的事。兰友送我一件衣料，昨天已经交给裁缝去做，要一个礼拜以后才能做好，我希望到时候能够拿到手，因为在这儿究竟还有几天可住，那是谁都料不准的。

几天来天气太热，整天忙得昏头昏脑。我的住处简直是门庭若市，访客络绎不绝的来，所谈的话题无非是关于当前的大局，听了徒然惹人生气！连一桩足以告慰的事情都没有，各地消息传来，更没有丝毫乐观之处，在这种情形之下，我实在没法再支持下去！我早就想要离开此地，只是因为有事缠身无从摆脱，立法院月底照例休会，与我有关的事可能了结。倘若谷正纲能够早来广州，我就可以自由离去。现在我决心在廿五日到月底之间动身，要是有船赴高雄，我便到高雄暂住几天再上台北，否则我或者乘船或者乘飞机先到台北，再转高雄。

我现在觉得一切事都没有希望，既不能为党国力挽狂澜，也只有暂求苟全性命，希望能有一两个月的安定静养，使精神身体稍为恢复，或者还能再鼓起勇气，为党国作最后的奋斗。如果老是这么拖下去，我真有自杀的可能。我对党国的贡献虽然不多，但是我也并不曾做过任何有负党国的事，我这颗心跟我的意愿，是可以对天发誓的！

第二部　杂文

《文艺创作》发刊词

　　两年来"自由中国"的文艺运动,呈现了空前的蓬勃。无数忠于民族国家的文艺作家,各各发挥其高度的智慧与技巧,创作了许多有血有肉可歌可泣的作品,贡献给战斗中的军民同胞,使我们惊喜于中国文艺复兴将随着中国民族的复兴而开拓了无限灿烂的远景。

　　可是,因为出版方面的困难,以及报章杂志篇幅的限制,使得优秀的文艺作品虽然产生很多,而发表的机会始终很少。

　　本会自去年四月成立以来,一方面竭力奖励文艺创作——一年来在本会激励鼓舞之下,从事文艺创作者达三千余人之多,已得本会奖金及稿费作家共计四百余人——一方面将得奖及采用之作品,向有关之出版机构及报章杂志介绍发表,曾以《紫色的爱》,《疤勋章》两部小说,委托正中书局出版,以《如梦记》一部小说,委托重光文艺出版社出版。以近三十万字的短篇小说、诗歌、文艺理论,介绍中华、新生两副刊,《火炬》及其他刊物发表，以二十六万字的短篇小说、诗歌、剧本、鼓词、小调等，寄往南洋、印度、加拿大、美国等各地华侨报纸发表。（除各电台广播前后约四十万字不计外，）上列印行发表数字，共计在八十万字左右。这个数字虽不能算小，可是与本会一年来所收获之文艺作品中全部文字稿四百万字来比例，仅及五分之一。本会深感文艺作品不能大量发表，不仅埋没了作家们的心血，减少思想战精神战的力量，且将低抑了作家们写作的情绪，阻滞了整个文艺运动的发展。且报纸副刊，对五千字以上作品即感无法容纳，各出版机构，对于销路较窄的作品，因成本不易收回又多不接受。本会复深感很多分量较重的长篇巨著无处发表的苦闷，思维再四，决定在经济条件极端拮据之下，自本年本月份起发行本刊，为《自由中国》的文艺作家们开创一广大园地，为忠贞的军民读者，提供大批精神食粮。兹当创刊伊始，愿预为文艺界同仁及广大读者告者：

一、本刊为不定期刊物，至少月出一期，视各月事实需要，或能增刊。

二、本刊出版后，当精选优秀作品，另印单行本。

三、本刊各期发表之创作，以本会得奖及录取稿为主。

四、本会所采用之作品，将一律予以刊出。早已成名作家的作品，有其深厚的感人力量与特殊的艺术造诣，固受读者的欢迎；即新近成名作家的作品，也都是忠爱国家民族之文艺战士心血的结晶，不失为这时代忠实的纪录；亦必为读者所重视。

五、有关当前文艺运动之理论及对优秀作品之批评文
字，特别欢迎投稿。

最后，希望文艺界的同仁及广大读者随时随地赐予本刊
以指导、鞭策与支持。

（原载《文艺创作》第一期，一九五〇年五月四日出版）

《莲漪表妹》序

　　潘人木女士继短篇小说《如梦记》之后,又完成这一部长篇小说《莲漪表妹》;《如梦记》的问世,给她带来很大的荣誉,这部《莲漪表妹》,更显示出她精湛的修养和无限的才华。这是她写作的开始,她的天才也决不止于此的。

　　这部长篇,充满机智与诙谐,有时是半甜半辣的幽默;一字一句,均耐人体味。描叙的笔锋,如精练医师手中的解剖刀,在优闲不迫之中处处见到细致和敏捷。行文如一派清泉,流过花草缤纷的岩壑,淙淙汩汩,一步一个新天地,一转一个新境界。有时看似过于简婉,流于晦涩,但若肯细心玩味一下,一丝兴趣也就渐觉盎然。作者这一长篇的文体,仍和《如梦记》一个轨辙,在清新委婉中流泻出简洁单纯的美。繁重累赘的新小说,也许不适合于中国的读者,也许中国许多小说作者尚没有把它镕炼成艺术的形式的原故,一般读者即使抱着很大的耐心,而注意力仍不免为复杂冗沓的描写给分散割裂了,留下一片模糊，不知所云。潘人木女士小说的文体，似乎可以改正这种缺点，容易为广大国民所接受，且也显示了中国小说一条平坦的正确的道路。

在布局和结构方面，作者费了很多心机，虽然仍含有不少的小疵小瑕，可是大体上是巧适而严密的。在处景方面，于自然景物及都市景物，均着墨不多，疏散错落，饶有风致，使人生亲切的感觉。三十一章后，写共区事物，略嫌缺乏深刻。在人物描写方面，成就最大，每一人物，均给予逼真的形象，现出其个性与灵魂。尤善于比拟。如形容小唐为"很像支直立的橡皮头铅笔"；形容吴文为"不知是雀斑还是皱纹，弄得那张面孔像个没洗净没熨平的椅垫"；形容胡学礼为"生得十分像个戴着眼镜的猫头鹰"；形容敌谍倪有义的演讲为"颇能做到旁若无人的地步，视我们如刚才飞去的喜鹊"；均是十分传神的描写。白莲漪父亲的偏激，母亲的卑屈，锡子的真挚，赵白安的豪爽，侯婉如的唯物，张心宜的唯心，敌谍们的诡谲阴险，大学生的冲动盲从等等，在各种不同时间不同空间里，作者也逐步加深了各种不同的色彩，而这些色彩，仍是介于木炭画和清淡水彩画之间的一种清洁单纯的描绘。

作者对于女主角白莲漪，则用了较丰富较鲜艳的色彩，从各方面来描绘她，使她形象凸出而扩大。白莲漪是这一时代骄纵自私的女大学生的代表人物，她生命里包蕴着多量的讽刺的元素。天生丽质，使她骄傲如"皇后"，睥睨一切，而以环绕她的一切人们为"臣民"。同时家境的穷困，物质生活的寒伧，使她偏激，使她怀着不可言说的嫉妒，使她不满一切现实——从家庭、学校，到整个中国社会。她不是属于向内性的一型人物，不愿使自己陷于忧郁，而宁愿去苦恼别人，苦恼她所有的"臣民"。为着生活和婚姻的不满，她苦恼她的母亲，她的姑父母，她的表姊妹，她的未婚夫，为着"锋头主义"，为着骄傲，她苦恼凡是赞美她崇拜她或是妒忌她的同学，她有着暴君的变态性格与心理。在第十五章中作者如是的描写她：

"二姐！你知道这部汽车为什么大声按喇叭吗？"

"当然是提防相撞！"

"我不那么想，它是看见了对面那部新车，"她说："而你没看见新车里坐的什么人？这部旧车在说：别臭美，你所载的是个不值一文的妓女！"

"真奇怪，车子在你看来都有思想！"

"那匹马，那拉大白菜车的马，它在吐沫，也是有意义的，因为它看见娶新娘的玻璃马车，"她又接着说："不过，我觉得它尽可不必吐沫啊！玻璃马车虽神气，但如何像它那么自由自在的遨游着，呼吸田野间的芳香，而又不必赶钟点！"

"若是它真的如此想就好了！"我答道："我看它倒想套到玻璃车上去，它的毛色也的确比那一只好一点！"

于是她笑了，因为没有大风，所以她笑得很响。

"倒不必，叫那车老板苦恼苦恼的好，它的吐沫也许为了这个意思！"

白莲漪这样展览了她的灵魂！这样骄纵自私专爱苦恼别人的"皇后"，却禁不住敌谍的引诱欺骗，先失了身，接着再失了灵魂，让匪徒们毁掉她美丽的青春，拆掉她理想的翅翼，玩弄于掌中蹄下，遭历尽欺侮、蹂躏与迫害。

失足之恨，不堪回首的。她瞧不起洪若愚，却和洪若愚生了瞎孩子；她瞧不起沈积露，却因而下了敌狱；她瞧不起第一以下的，却做了洪若愚的第二个太太，且扮演"姨太太"来虐待自己的精神；她自居捐献金镯子给敌谍有功，而结果却被匪徒清算斗争得很惨，她瞧不起她可怜的姑父，而最后救她一命的仍是她的姑父。最大的讽刺是，她过去一味苦恼她母亲磨折她母亲，而结局却又让自己的私生子洪流来苦恼她磨折她。当她回北平途中被儿童兵扣留时，她说出要看孩子的理由，洪流却教训她：

"妈妈看孩子！好像咱们不是被人卖，被人扔在垃圾箱里，被人换米吃，被人自动赶出了家，被人送领过似的！好像咱们都有好妈妈似的！妈妈看孩子！从未听说过！不成理由！"

……后来洪若愚以"侄儿"名义接洪流和她相见相处时，瞎孩子冷淡她讽刺她又侮辱她，她除掉默默的忍受，像当年她母亲对她乖戾行为的默默忍受外，还能做什么呢？直到和金大夫共同逃到深圳，发现瞎孩子袋中的象牙柄小刀及其他纪念物时，她才恍然悟到瞎孩子洪流，便是她日夜怀念的私生子

"小离"。她热烈的吻他拥抱他，倾吐了无限温暖的母爱，可是洪流冷冰冰的不为所动。她愿自己瞎眼而叫孩子恢复光明，"孽障"洪流果如她所求以象牙柄小刀来刺她的双目（误刺她的肩头），以"恨"来报"爱"。她灵魂的眼至此完全睁开了，而洪流的眼，无法使它光明；洪流的灵魂的眼，更是黑漆漆的瞎着，以致折回敌区的路，让敌兵结果他的小生命。

瞎孩子坟上的鲜花，是无香的；白莲漪的血，也混合着不洁，这是悲剧的结束。"界"的一面是光明，是温暖，是自由；另一面则是黑暗，冷酷与奴役。界的一面是人性的善良与真诚，是人情的温美与芬芳，另一面则是罪恶的渊薮，鬼祟的地狱。

白莲漪怀着憎恨的心情，离开天堂走向地狱，直至青春和理想毁灭了，生命和灵魂残破了，才知天堂的美丽，又怀着憎恨离开地狱，可是她已完全无救了。这足为意志未定的青年男女们覆车之鉴，也为一切骄纵自私悖性逆情的女性，留一血泪的典型。

（原载《文艺创作》第十二期一九五二年四月一日出版）

《李百禄先生永思录》序

  曾子固尝谓：铭志之著于世，义近于史，其辞之作，将使死者无憾，生者得致其严，而善人喜于见传则勇于自立；恶人无有所纪则以愧而惧。至于通材达识，义烈节士，嘉言善状皆见于篇，则足为后法；观乎此，则知哀诔褒述之辞，体制虽殊于铭志，要其弥死者之憾，致生者之严，义则合也；至若子姓次其先世行谊，见咏叹纪述于四方之贤豪长者，如清代汪辉祖扬其节母之劬劳，乞言于能文之士，所致凡数百篇，汇刊流传，永其芸香，斯可谓善述善继者矣。居今世以余所闻李先生百禄者，台北县平溪乡人，其先本居闽之泉州，自迁台湾，世亲稼穑；先生承业益事垦辟，乃起家，可不谓之勇于自立者耶！清光绪乙未，日军入台，逞威嗜杀，先生口争不慑，全活甚众；家给既裕，尽心公益。当是时，日本力倡皇化，以绝台人宗邦庐墓之思，则自去中夏之文字语言，始，先生家塾延师课子弟以国学，南冠楚音，势屈心重，可不谓之达识，可不谓之节士，可不谓之善人而宜见传者耶！绍唐昆季弘先生之行，与业日滋光大，各有声于时；人皆谓先生之义方善教，以绍唐辈之为子，人皆谓必克显令德于无穷。征诸兹编之所录而益信，盖于是乃足以厚民德，美风化，叙彝伦，笃养生送死之礼；又岂徒著一人之嘉言善状，法于方来哉！余故乐为之辞，以谂锡类之君子。

（一九五五年四月张道藩撰）

梁实秋先生译著书目弁言

　　自从我认识梁实秋先生以来，就知道他立志要把《莎士比亚戏剧全集》译完。现在梁先生有志竟成，替中国文艺界新添了一大笔精神财富。

　　在我们文友中，梁先生是一位风度凝远的笃学之士；不矫情，不矜夸，不草率；默默埋头工作，一步一步做去，一本一本译著；不因世局动荡而游移，不因生活颠沛而中断。他能得到今天这样的成就，全属实至名归，有如农夫由辛苦的春耕而获丰富的秋收，决无任何侥幸。

　　艺术各部门最难交流的是文学。因为文学以语文为媒介，必须善为翻译，非若绘画、音乐以线条、色彩、声音为媒介，可以直感。但最能表现一个民族一个时代的生活思想的也是文学，因而文学翻译事业，对文化交流的贡献甚大，近代文化高度发达的国家，莫不有莎翁全集译本，而且不只一种。就我所知，我国坊间此类译本亦不乏佳构，可惜有的译笔过于艰深，有的失其神髓，有的尚未译完；而能全部译完，译笔又忠实优美畅达者，自以梁氏为巨擘。

文学固然贵在创造，但创造如无凭借，要从开天辟地下手，不免事难而功少。因此，中国古典文学遗产的继承，和世界文学名著精华的吸取，便成为我们这个时代新文学创造的借镜。莎翁全集在西洋文学中造诣极高，确有可供研究参考的价值。从这个角度来看，这次梁先生的全译本出版，实在是文坛上一件盛事，值得我们庆祝。

梁先生手订的这一篇译著书目，自民国十六年在商务印书馆出版《浪漫的与古典的》一书起，到一九六七年在远东图书公司出版《莎士比亚戏剧全集》止，包含他四十年来所付的心血，也代表一位文学家对生平抱负所作真诚与不懈的努力。所以我乐于写此弁言，借表敬佩之意。

（原载一九六七年八月六日《中央日报》）

一个艰苦奋斗的文化工作者

我因身体不适，久久不写作了，这回，是一股情感的热流，逼迫着我抖颤的手，非提起这支生锈的笔不可。我要在病中对一个一向为我所佩服而能奋斗的朋友，写下一点纪念性的文字。

十三年前，我住在温州街，记得正是中午时分，一位穿草绿色军装的青年军官来看我，他还送我一本自著的《黎明集》——这是我和张自英先生第一次见面——，使我惊异于他的天才，和他爱国家爱民族的热情！那时，台湾在风雨飘摇中，人心惶惶，不可终日；许多有钱的人，都远走高飞到美国去。在文坛上写战斗诗的更不多见，而《黎明集》里的每一篇，几乎都是战斗的；难怪当时曾虚白先生称他为"战斗诗人"。

一九五九年秋，张自英先生来"立法院"看我，说他已经退役了，同时向我表示：今后愿以烽火余生，从事于文化工作，希望对社会能有点贡献。最后说要办一份画报，问我可以不可以？我对他摇摇头，说明这是一条最艰苦的道路，不要去冒险！他听了我的话以后，大不以为然，带几分生气的神态走了。以后，他一直没有来看我。我突然接到一份画报，还是创刊号，内容很糟，不敢恭维。仔细一看，原来是张自英先生创办的。当时我为他捏了一把汗，失败，似乎是难以避免的。接着第二期又寄来了，内容比第一期较好，而且增加了半张。到第八期，又由一张半增刊为二张，我对他的看法有了改变，认为他有一股冲劲，不是虎头蛇尾。眼前遭遇到的困难，可能都将为他的勇气所一一克服。

前年我在病榻中，张自英先生始终没有来看我，据文化界朋友谈：世界画刊社因周转不灵，开出空头支票，被银行拒绝了往来。还有人说张自英先生违犯票据法，地方法院出了拘票。而且听说中和乡的住宅也被卖掉了！我心里想：当初叫他不要去冒险，硬不听劝！

病中，精神欠佳，我除了看看报纸的大标题外，对于寄赠的杂志书刊，实在没有那份精力去阅读。但对于每期赠送的《世界画刊》我对它却有一份不同的情感，使我想像到创办人是如何在和恶劣的命运搏斗，我担心它会脱期、会停刊！然而，它却一期期地寄来了，从不间断！

直到最近，张自英先生来看我，法院出拘票，家里卖房子，他说这都是事实。直到第三年开始，才从摇摇欲坠的危险情况中扭转过来。他以严肃的态度告诉我说：他是以"不成功便成仁"的战场心理，来办《世界画刊》的，我想也许是凭他这一点决心，在支持着这个事业的。

他还说：在他创办画刊最艰苦的第一年中，还举创过"奖学金"——因为办法已经公告出去，即使经济环境再困难也不愿对读者失信——一口气发出四千多元奖学金，另外还经常做着劳军的工作——他说他自己是军人出身，最了解前方需要精神食粮。

听了他这番话，我除了敬佩而外，又不禁为他欣喜，他像一头猛虎，恶劣的环境，无可奈何他。如今，总算从荆棘丛中走出了一条道路！

最后他说：办文化事业，最要紧的必须有企业精神，《世界画刊》，直到最近才建立了一个健全的发行网，目前在国内外已有二十五个分支机构。尤其是无数热心文化事业的读者使他感动，很多都是寄来一年或半年的报费。有的作家、画家不要稿酬，来支持他，临走时，他告诉我："做新闻事业，最怕走到黄色、黑色的错误方向去，最怕走到招摇撞骗的歧途上去，这一点，可以请您放心，我是牢牢把舵的：目前《世界画刊》的内容，自然还不够充实，还要向这块园地流汗！"

张自英先生，他并没有以目前小小的成就而沾沾自喜，我认为这一点很重要，是他将来成功立业的因子。

由于世人疯狂地追求着物质的享受，文字与社会的距离，将越来越远，在我们日常生活中，最使人发生兴趣的便是图画，如果能够办好一份老少咸宜、雅俗共赏的画报，它的读者，将像源头活水般滚滚而来。

由于张自英先生的举办了《世界画刊》，使我体会到在恶劣环境压迫之下，如果有坚强的意志，和苦干的精神，还是可以创造事业的！这不是正应验了"有志者事竟成"的老话吗？

《世界画刊》，已经建立了一个不坠的基础，而且，风格、水准都很高。在台湾能有这样一个综合性的艺术刊物出现，的确值得喝彩！由于张自英先生的苦干，使它像一棵富有生命力的奇树，三年来已经开出灿烂的花朵。如果再努力下去，十年、二十年后的《世界画刊》，未始不可与美国的《生活杂志》相抗衡，畅销到全世界去！在这三周年纪念的时候，我为它祝福！

（原载一九六二年十月二十一日《中央日报》）

拜师前夕给齐白石的信

白石先生尊鉴：本会（中华全国美术会）秘书蒋碧薇女士回来同我说，先生已允许我诚恳的请求，收我为弟子。我非常的高兴，也认为非常的荣幸，并且承先生特别体谅我，免得我受人家的批评，在举行拜师典礼的时候，只要行鞠躬礼，而不要我行跪拜礼，更使我非常感动。行礼的时候，我一定遵命向先生行三鞠躬礼。

我已经发出了一百多分请柬，约请五院院长、教育部长、中央大学、金陵大学等学校校长、中央党部全体常务委员、中央文化运动委员会全体委员、本会全体理监事，各报社社长，及中央通讯社、中央日报社记者参加便餐，以便观礼。因为我认为这是一件与教育非常重要的非常有关的盛事，所以我邀请这些人到场，到时候我还要报告我所以要拜先生为师，除了对先生崇敬，希望引起全国同胞以及全世界人士对于中国绘画金石最高超的艺术有更深切的认识而外，是没有其他任何企图的。

　　我现在先上此函预为禀明，这两天因为身体不好，事情又忙，没有亲自来看先生，非常抱歉！假如先生明晨没有要事，请于十时左右赐候片刻，使我有个机会在明天晚上拜师典礼之前，先来亲自道谢先生收我为弟子之美意。附上邀请来宾函件一分，先生看了，也可以知道我为什么要把先生拜为老师的一部分理由。其余的话，明天早上十点钟再为当面禀告，明天以后，我不再称先生，而将称先生为老师了。

你未来的弟子中华全国美术会理事长张道藩

十一月二日

为向齐白石拜师上蒋总裁书

敬呈者：道藩为发扬尊师重道精神，开展本党文化工作，俾能对文化界、艺术界发生重大影响起见，特拜高风亮节，誉满中外，八十六高龄之画家齐白石先生为师。并订于十一月三日下午六时，在中央文化运动委员会文化会堂举行拜师典礼。希望此一事件，不特引起全国同胞及全世界人士对中国固有文化与艺术有更深切之认识，而中国尊师重道之精神，亦可借此获得恢复之机会，以纠正今日一般青年以为自己向教师买知识，而不知尊师重道之错误观念。惟念道藩为钧座忠实信徒，亦为钧座多年干部，今忽有如此非常之举动，又无适当机会先期呈明，自当签呈报告上项缘由，想必能获得钧座之嘉许也。此种琐事，自不敢委屈钧座及夫人亲临指导，谨附呈邀请观礼函十份，如经国、纬国伉俪或侍从之其他同志乐于莅教，至深欢迎。所有详情，容另具报。谨呈　总裁蒋

职张道藩谨呈

三十五年十一月二日

附　录

张道藩先生事略

中国国民党中央常务委员、前"立法院院长"张道藩，十二日晚十时因心脏衰弱，逝世于三军总医院。张氏先于四月六日中午在家不慎跌跤头部受伤，当晚住进三军总医院，接受手术治疗，但两月以来始终陷于昏迷形状中，至十二日中午病势转剧，低血压降至五十四度，呼吸困难，延至下午十时逝世。张氏弥留时，张夫人郭淑媛及其弟张宣泽，妹张道焜，妹婿吴延环等均在医院照料。

张道藩，贵州盘县人，生于民前十四年。幼年时聪敏过人，倜傥有大志。惟以盘县偏僻，交通不便，新知滞迟，乃毅然负笈天津，肆业南开中学。当时张道藩因家贫无资，常以大饼充饥，冬寒无衣，则闭户读书不外出，坚持数年，未尝意沮，他的师友一致认为张道藩终必有出头的一天。

民国八年，张道藩得世交曲荔斋先生之助，西渡英、法留学，专攻文学艺术，造诣益深，曾毕业于英国伦敦大学美术科。十二年，由刘纪文、邵元冲两氏介绍入中国国民党，居海外凡七年，读书习画之外，兼从事革命工作，至十五年返国后，仍服膺主义，奔走革命，十六年奉命回黔主持党务，被军阀周西成系狱，几不得免。

十七年后，复返南京工作，廿余载，在党务方面，连任国民党中央执行委员，并历任南京市党部，江苏省党部委员，中央组织部秘书，组织部及社会部副部长，宣传部及海外部部长。行政方面，曾任南京市政府秘书长，浙江省教育厅长，交通、内政、教育三部的次长。教育方面，曾任国立青岛大学教务长，中央政治学校教育长。文化方面，曾创立中华全国美术会，国际文化合作协会，国立戏剧专科学校，中华全国文艺作家协会等组织。抗战期中，张道藩于任宣传部长及中央文化运动委员会主任委员时，联络全国优秀作家及戏剧、电影、民间艺术、音乐、美术各部门专门人才，宣传抗建国策，使文化运动，深入民间，影响至为宏伟。三十三年，桂柳撤退，曾亲赴黔省，抢救文化人，深为文化界所称戴。

抗战胜利后，任国民党中央执行委员会常务委员，中央政治委员会委员，中央文化运动委员会主任委员，中华全国文艺作家协会理事长，中华全国美术会理事长，中央电影企业公司董事长，国民党中央改造委员会委员，中国广播公司董事长，台湾《中华日报》董事长，"立法院长"等职务。

张道藩以文化人从政，除具政治家之勤慎廉明外，仍不改学者风度。对人和蔼可亲，富幽默感。平日好学深思，曾著有关学术、文化、政治论文及讲稿多种，并译有《近代欧洲绘画》一书。公余对戏剧电影，极为喜爱，提倡不遗余力。

（原载一九六八年六月十四日《大华晚报》）

陈之迈　著

旧游杂忆

自　序

　　前些时我写了一系列短篇文字，纪述四十多年前我一次欧亚旅行的观感，在《传记文学》连续发表。在近四十多年中，我到过欧亚各地不知多少次，最近六年并且常驻罗马。但是最有兴趣的仍然是学生时代的那一次旅行，没有公务在身，既无定期国际会议须要参加，亦无显贵须要向其作礼貌拜访，孑然一身，独来独往，提着一口皮箱，爱到哪里便到哪里，真是逍遥自在！

　　这几篇文字发表之后，万想不到引起了许多读者的兴趣，纷纷来信表示赞许，或则希望我以后多写这类文字，或则提议将这几篇文字汇刊成书，以广流传，最可感的是一位知名之士，用"一个小市民"的名义指出有关德国部分的一个地理上的错误。

　　《传记文学》发行人刘绍唐兄有意将这几篇文字汇刊成书，称为《旧游杂忆》，敝帚自珍，我欣然同意。我最大的希望是这本小书能供读者一些卧游之乐，只此而已。

伦敦印象记

一九三三年，我的游美学业结束，清华大学发给一份回国川资，论文也得了一笔稿费，于是决定取道欧洲返国，以广见闻，该是一次愉快而有益的旅行。

是年夏初，我从纽约搭乘德国"北德莱公司"（Norddeutscher Lloyd）邮船"布勒门"（Bremen）号先到英伦。这艘邮船是当时横渡大西洋的邮船中最大的一艘，只有同一公司所属的"欧罗巴"（Europa）号堪与媲美。我买的是学生舱位，票价低廉，设备则远在其他邮船之上。学生舱里约有八百人，都是赴欧洲观光考察的美国学生，到"旧世界"去吸收文化，船上只有我是东方人。德国邮船一切都是德国式的，伙食自然是纯粹德国菜肴，有该国最通行的白水煮猪蹄，佐以酸白菜，乳酪，并饮黑啤酒，别有一番风味，情调和美国迥不相同。这是我生平第一次横渡大西洋。碧海苍天，汪洋万顷，波涛起伏，一望无涯，使人惊叹造化的伟大与雄奇。此后我横渡大西洋许多次，都是乘飞机的。机舱之内很难得见到海洋的真面目，只是一片茫茫云海，几个小时便抵达了，反而觉得索然无味。

　　船行五天便到了英伦的南安普吞（Southampton），当即转乘火车，到了我久已向往的伦敦。我在学校里修读过英国史，伦敦许多景物都在书本和图片中见过了，亲临其境自有一种"他乡遇故知"的感觉。我认为旅行之前，如果先看些书籍，对于目的地先有概括的观念，认识几个地名人名，略知其历史背景，则游兴自会倍增。若果长途跋涉，不远千里来到一个名胜游览，而事前全无准备，临时听人解说，固然亦能有所获，终归是有其限度的。连走马看花也说不上，便太可惜了。

　　但是在我的经验中，国人漫游欧美，到了凡尔赛而未听说过路易第十四世，到了梵谛冈而不知圣彼得是谁，亦尽有其人。我半生住在海外，带领国人游览当地名胜古迹为日常工作的一部分。若果来游者对于当地驰名世界的名胜古迹，茫无所知，须由我作最浅近的讲解，则是天下最苦的差事，而我费了许多心思和唇舌，对方似懂非懂，尤其使我不安。有的朋友夸奖我讲解得好，甚至于拿出小本子来作笔记，在游记中将我带上一笔，则更使我愧汗，因为我所讲的都是最基本的常识，任何观光手册都说得比我详明，既然远渡重洋前来游览，何不先买一本来看看呢？

　　这次我初到伦敦，事前曾和一位英国官员卡尔（Cecil T.

Carr）先生通信，赠送他一本我的论文。我的论文是讲英国"委任立法"的，卡尔先生正是在英国国会主管"委任立法"的官员，且有专门著作问世，我的论文中曾多处征引。我到伦敦后即与他联络，约定到他的办公室相谈，彼此既属同行，颇有相见恨晚之感。卡尔先生是一位中下级公务员，"为英皇陛下服务"，忠诚干练，奉公守法，谈吐之间，对英国典章制度有无比的骄傲。以我这样一位中国青年，在大学里研究英国政治制度，又前来作实地考察，他丝毫不感觉惊奇。英国是老牌民主国家，大英帝国属地遍布全球。"英国国旗飘扬之处永无落日"，英伦无疑的是名副其实的"上国"，外国人研究英国的典章制度，到英国来观光，正是力争上游应有之义，理所当然。他身为英国臣民，为外国人讲解，也是应尽的责任。我听他侃侃而谈，不禁想到，倘若我生在汉唐盛世，有外国人前来观光，我的心情料必是差不多的。

英国国会大厦原为皇宫，位于伦敦韦斯敏斯德（Westminster）区，故称韦斯敏斯德宫（Palace of Westminster）。四百多年前，皇室迁出了，这里便专作贵族院（House of Lords）和平民院（House of Commons）集会之用，合称国会（Parliament）。一八三四年十月十六日，这座大厦烧掉了，全部化为灰烬。英国政府当即公开征求重建的设计，结果是建筑家贝利爵士（Sir Charles Barry）的图样中选，随即开始重建工程，历时十二载大部完成。这座大厦的式样基本上仿效中古时期北欧各地的哥德式建筑，惟在结构上比较保守，各部分均称整齐，既无哥德式纵横飞舞的拱壁，亦无直冲云霄的瘦长尖塔，故被称为"英国哥德式"（English Gothic），为哥德式的一种修正，倒也庄严壮伟。大厦之旁立一钟楼，时钟每隔十五分钟即敲响一次，其声铿锵而沉重，深合温柔敦厚之旨。这座时钟为伦敦市的一项重要标识，钟声经常以无线电广播全球。

英国国会有"国会之母"（Mother of Parliament）之美称，因为许多国家实行民选代议制度均以英国国会为楷范，尤其是其所采用的立法程序几为各国所通用。卡尔先生带领我到国会各部分参观，指出国会开会时，首相坐在哪里，反对党领袖坐在哪里，又领我到普通游人所不能到的地方，包括议员的更衣室、休息室等等。他对于国会的掌故，如数家珍，使我对于英国的民选代议制度，增加了知识，听他娓娓讲来，有如坐春风之感。尤其是我曾在哥伦比亚大学图书馆的地窖里消磨了一年多时间，听读的是英国国会的议事记录，我的论文里引用了国会议员辩论时的发言，每一个字都是在这个议场上说出的，而我现在则到了会场里，身历其境，特别感觉得亲切。英国人自诩他们的典章制度都是从实际运用演变出来的；英国实行宪政而并没有成文宪法，所谓英国宪法只是"智慧和偶然际会的产儿"（a child of wisdom and chance）。我们就看贵族院议场，并不是每位议员都有其席次，因为总会有人缺席，何必多设空位，就思过半矣。

卡尔先生见我的游兴正浓，于是再领我到附近的韦斯敏斯德教堂（Westminster Abbey）游览。这座我国通称为"西敏寺"的教堂也是"英国哥德式"的建筑物，但因其为于第十三世纪兴造的教堂，故在结构和式样上都与北欧大陆上的正统哥德式教堂比较接近，虽经多次增修，各部分还很配称，富丽堂皇，穹窿的装饰尤为繁缛，金碧辉煌，染色玻璃镶嵌的窗户熠熠发幽光，使室内产生一种柔和而神秘的气氛。这座教堂为历代帝王举行加冕典礼的场所，已有数百年的历史。同时这里也是英国历史人物墓冢之所在，每一个英国人都以下葬于此为至高无上的光荣。据说有一位英国政治家深受维多利亚女皇（Queen Victoria）的宠幸，将近退休时觐见女皇，女皇问他希望什么赏赐，他率直报称："陛下治域，广被四海，下臣所望者不过是六呎长，三呎宽的一块小地而已。"女皇立即领会他之所指，是希望下葬于韦斯敏斯德教堂，于是答道："卿的要求太奢了。"几百年来，帝王将相，朱紫公侯，科学家，文学家，下葬于此，挤满了每一个角落，大小不同，形状各异，墓冢设计及石像雕刻，有的出自名家之手，为美术精品，有的则为匠人之作，竟有庸俗不堪寓目者。有资格在此下葬的大部分为一时的显赫人物，但也有侥幸而致的。例如有一处墓冢所葬的是一位年仅七岁零九个月的男童，这是因为他的父亲是一位内侍，儿子早夭，竟蒙恩宠赐葬于教堂之内，墓冢之上，大字标出内侍的姓名与官衔，其实他本人并无资格下葬于此，内侍的恃宠横行，莫甚于此。我这次初游教堂，只能采重点主义，选择几个特殊人物的墓冢看看，例如第十九世纪的两位政治家狄斯瑞利（Benjamin Disraeli）和葛拉德士吞（William Gladstone），因为我读过他们的传记，约略知道他们的生平。在教堂里漫步，我看到发明万有引力定律者牛顿和发明进化论者达尔文的墓冢，这两位是现代科学的巨人，值得在他们下葬之处流连片刻。教堂里的墓冢虽然杂乱无章，但有一处称为"诗人的角落"（Poets' Corner），在此下葬者多为文人墨客，如"英国诗的鼻祖"绰塞（Geoffrey Chaucer），诗剧大师莎士比亚，《失乐园》作者密尔顿（John Milton），田园诗人威斯威士（William Wordsworth），只是其中之佼佼者，身后在此都占有一席之地。他们既有千秋万岁名，身后却也并不寂寞，不像我国的陵阙和坟墓，散在四方，不久便都成了荒垄。莎士比亚的墓冢是他死后一百二十五年才建造的，两腿交叉，作沉思状，为一位著名的英国雕刻家希麦克士（Peter Scheemakers）所制，并不十分高明。莎士比亚墓冢正对面是嘉利克（David Garrick）的纪念碑。嘉利克以扮演莎士比亚剧本的角色，名重一时，纪念碑上有一精巧的大理石浮雕，状其谢幕的姿态。嘉利克一生从事于演剧，他死了正是他舞台生活的终结，理应谢幕，运思之深巧，令人心折。"诗人的角落"游毕，转而到无名英雄墓。这是纪念第一次世界大战阵亡将士而建的，石碑一片，下面藏有自法国运来的沙土，因为英军大部分是在法国战场上阵亡的，庄严肃穆，以悼国殇。

伦敦经济学院（London School of Economics）为英国有关社会科学的著名学府，名师辈出，他们的著作我读过不少，这次只是前来看看他们讲学之所在。伦敦经济学院是费边社会主义（Fabian Socialism）的大本营，主张用渐进主义（Gradualism）推行社会主义，反对用暴力实现他们的理想。"费边社"（Fabian Society）创立于第十九世纪末年，于一八八九年首次刊行《费边文集》（Fabian Essays），轰动一时。最初的领导者为贝姗（Annie Besant）夫人，以能雄辩著称。这个时代执笔为文者有韦伯夫妇（Sidney and Beatrice Webb）和萧伯纳（George Bernard Shaw），文笔犀利，吸引了众多的信徒。他们的言论激烈，对于资本主义社会，尤其是英国的资本主义社会，作无情的抨击，诋毁得体无完肤。在早年时期，韦伯、萧伯纳等人所提倡的是用和平手段来实现社会主义的思想，还能切合英国人的胃口。一九一七年俄国布雪维克革命后，他们竟无视俄国革命之暴虐，放弃了原来的和平渐进的主张，盲目的为苏维埃共产主义作义务宣传，韦伯夫妇后来于游俄之后，著有《苏维埃共产主义：一个新的文化》（Soviet Communism: A New Civilization）两巨册，将苏俄社会说成天堂一般，并且为其罪恶强词辩护，英国知识界为之哗然。萧伯纳是剧作家，以编滑稽剧本驰名于世。他有"语不惊人死不休"的气概，对于社会问题无所不谈，发为荒诞不经的言论以沽名钓誉。他对于戏剧确有天才，绝无疑问。正是因为他在这方面负有盛名，人们对他所发表有关社会问题的言论，亦予重视，实不可思议。萧伯纳关于费边社会主义，著有一书，题曰《向有智慧的妇女解说社会主义和资本主义》（The Intelligent Woman's Guide to Socialism and Capitalism），我在俄亥俄州立大学时讲授"经济理论"的教授曾指定为课本之一，当时大家无不感觉愕然。后来才知这位教授本人就是社会主义者，并且曾以美国社会党候选人竞选哥仑布市市长。美国中西部本为保守主义的地带，自然没有当选。萧伯纳的书妙语如珠，但根本便不够资格称为学术论著，全篇信口雌黄，满纸诐辞谬论，有的意见不但荒唐胡闹，而且幼稚可怜。萧伯纳和韦伯夫妇一样，极力吹捧苏俄共产主义，后来并且为义大利的法西斯主义和德国的纳粹主义辩护，文人之无行无耻，堪叹观止。

韦伯夫妇和萧伯纳都是职业作家，不在大学任教职。第一次世界大战后，费边社逐渐侵入伦敦大学，其经济研究院浸假而成为其活动中心。集结在这里的费边主义者甚多，都是教授，在学术上赫赫有名，而利用杏坛作政治宣传。姑以两位为代表。

唐尼（Richard Henry Tawney）为经济史专家，学富五车，早年和同道二人合编《英国经济史资料选辑》（English

Economic History: Select Documents），为习此科者主要的参考书籍。他传世之作为一本小册子，取名《贪得的社会》（The Acquisitive Society），说明资本主义以争利为其动机，劳工大众受资本家的压迫与榨取，无所不用其极，故无道德的基础，应为人类所摒弃，而代之者则为以"平等"为出发点的社会主义，应广予推行。唐尼的文笔犀利，如高山流水，一泻千里，而立论则锋锐而偏激。然而他之为人则谦冲为怀，望之如圣贤。一九三一年，他到中国游历，归著《中国的土地与劳工》（Land and Labour in China）一本小册子，批评中国的经济社会，兼及教育制度，观察精辟深入，立论一针见血。唐尼从来不曾研究过中国问题，更不通晓中国语文，在华居留不到一年，绝对说不上是"中国通"。然而他是有训练的观察家，故能在极短时间抓到问题的核心，所谓搔着痒处，都是因为他有学问根底，不是一般所谓"中国专家"所能望其项背的。唐尼此书发刊后，洛阳纸贵，外国人之研究中国者无不奉为经典，经过中译之后，在我国亦享有广大的读众，历久不衰，对于我国政府的经济教育政策，也有相当的影响。我尝想到外国人论中国的著作，汗牛充栋，有的出自新闻记者，有的出自久留中国的外国人士。这类书我一生看了不知几百部，史实每多错误，议论似是而非，唯有唐尼的这一本《中国的土地与劳工》，最为精彩，历久弥新，实为西洋人有关中国著作的一项奇迹。

拉斯基（Harold J.Laski）是伦敦经济研究院最出风头

的角色，桃李满天下，我国亦尽有之，不断为他吹嘘。拉斯基教授是政治学家，曾任费边社干事十余年，历任英、美、加拿大、苏联各国大学教席，其大本营则为伦敦经济研究院。他一生著作甚多，一般而言，尚具有学术价值，但并没有什么创见，他的生徒称颂他为政治学"权威"或"泰斗"等等，则是过甚其辞。我在哥伦比亚大学时，拉斯基教授曾到校作一连串的演讲，所讲的是英国内阁制度，我当然抓住这个机会前往聆听，故也可以说是忝列门墙。拉基斯教授身材中等，是犹太裔的英国人，面部具有犹太民族的诸种特色，双目炯炯有光。他讲学的姿态很特别，身体直立讲台之上，绝不走动，双手把握着衣襟，很少放下来。他的面部没有表情，口若悬河，滔滔不绝，五十分钟结束，转身便走，最怕学生和他纠缠。习政治学者大都读过他的几部著作，他的讲演不过是将书中的大意重述一遍而已，没有什么特别精彩之处，盛名之下，使我颇为失望。

拉斯基教授，于讲学与著述之余，也曾参加实际政治，出任过几次公职，和英国劳工党有深厚的渊源，多次参预该党政纲的制订。但是他始终是一位理论家，他讴歌英国的民选代议士制度，而他没有勇气竞选代议士，也许怕的是万一落选影响他的声誉。他不断的作宣传，主持各种会议，发表意见，但没有毅力贯彻他自己所提的方案，话讲完了，他便转而追求其他的目标。在理论上他是一位马克思主义者，他所提倡的社会主义就是马克思的"科学社会主义"。他深知马克思主义是英国人民所不能接受的，但他不能主张仿效俄国实行武力革命，夺取政权。拉斯基笃爱英国的议会制度、内阁制度，认为是政治体制的极则，然而在这个政治体制下，他所信仰的马克思主义是无由实行的，因为英国人民绝不可能用自由选举的方式推出一个马克思主义的政府，而他又不能主张打倒全部政制，实行暴力革命，来建立马克思主义的政权。这是拉斯基思想体系中根本的矛盾，故郁郁不得志。他没有唐尼的修养，不甘心只做一名教授，但他亦无由实行他的主张，他的著作亦没有预期的影响，虽则他的声名籍甚，门下出了许多学生，为他不断的吹捧。

　　我到伦敦经济学院参观，在告示牌上发现有公开讲演，夜间举行，任何人都可以购票入座。我当即买了几张票，按时前往听讲，其中一次正是拉斯基教授所讲的英国内阁制度。那天晚上讲堂里坐了约二百人，占满了每一把椅子，其间有不少亚洲学生，印度学生似乎特别多。到时拉斯基教授莅临，徐步走上讲台，双手把握着衣襟，便开口讲学，一口气讲了五十分钟，时间到了便下台离去。这次他所讲的和我在哥仑比亚大学所听到的，完全一样，好像是在背诵同一篇讲稿，真令我万分惆怅，因为我好像重听了一张留声机唱片，一字不差。有了这次经验，我才领悟到这位名教授亦不过一位教书匠而已。

　　以伦敦经济研究院为中心的费边社会主义在现代思想上发生了相当影响，其所发表的《费边文集》陆续出版，亦曾译成各国文字，传诵一时。费边社里固然不少饱学之士，在埋首作学术研究，唐尼教授即为其中之最著者。但是韦伯夫妇、萧伯讷、拉斯基等等，则一向从事于互相标榜，自我宣传，所谓在台后喝彩，所说的总是那几句老话，实在令人生厌。在西洋近代政治思想中，费边社会主义有其地位，不过声过其实而已。

　　既然到了伦敦，不知何日再来，市区内的名胜自然得去看看。英国的皇宫名白金汉宫（Buckingham Palace），是在一八三七年才启用的，深深的藏在花木阴森的园林里，有铁栅环绕，远远望去像一座坚实的堡垒，不像一座壮丽的皇居，也许这正是英国民族性朴实无华的一种表现。游客每天麇集于此，是等着看禁卫军的换岗。这些士兵头上戴着高顶黑色的皮帽，站得笔直的守卫着大铁栅门，目不斜视，到时候换岗有一套仪式，是伦敦的一景。随后我又到英国首相官邸，位于唐宁街十号（10 Downing Street），是一座极端平凡的砖屋，唐宁街并且是一条死巷。英国实行虚君制度，政治实权，在内阁制度下，掌握在首相和内阁手里。这座房子是首相的官邸，也是内阁集会的地方，紧紧在旁，即唐宁街十一号，是财政大臣的官邸，故这两座房子是实际政权之所在。首相官邸当然不准游人进入参观，只有一班闲人站在街旁，尤其是在内阁集议时，看各部大臣出入。英国首相另有一处乡间别墅，距伦敦市中心约四十英里，名为Chequers，是一座古老的房子，首相每到那里休息，有重要外宾来访，亦常在此招待，以便和首相详谈，不受干扰。因为交通不便，我没有前往参观。

到伦敦的人一定到过位于市中心的特拉法加广场（Trafalgar Square），中间一条石柱，高耸入云，顶上站着纳尔孙（Horatio Nelson）的铸像，纪念这位风流海军统帅在对拿破仑的战功。伦敦市民喜欢到这里休息，靠着几头巨形石狮以食物喂饲成千成万的鸽子。这处广场相当宏伟，但非艺术之作，纳尔孙的造像高高在上，连轮廓都难以捉摩。拿破仑虽被英军所败，但他看不起英国，称之为"开店铺者的民族"（A nation of shopkeepers），可谓刻薄之至。伦敦为英国的政治中心，亦为商业枢纽，全市店铺林立，而以皮加地利圆场（Piccadilly Circus）为商业心脏地带，名为圆场而其实是三角形的，终日终夜，熙来攘往。乱作一团，交通拥塞，市招庸俗不堪寓目。伦敦最可爱的是市区以内有几处公园，花木扶疏，绿草如茵，可供市民游憩，最著名的是海德公园（Hyde Park）。英国实行民主主义，人人都应有机会发表意见，一个方法是向伦敦《泰晤士报》作读者投书，但刊出的可能性不大。另外一个机会就是到海德公园作露天演讲，无论作何主张，警察绝不干涉，可谓言论自由的极致。这些演讲者大都为不满现状某一方面的人，在公园游憩的人就是他们的听众，爱听就听，不爱听便可走开。我到过海德公园数次，不免为这些露天演讲者所吸引。不幸我所听到的都是在讲地方上的问题，例如有一位演讲者在激烈反对皮加地利圆场的重修计划。他讲得声色俱厉，手舞足蹈，而听者连我在内只有六个人，而且我因为对此问题没有兴趣，他未讲完我就离开了。

我在伦敦所到过的地方最使我怀恋的莫过于大英博物馆（British Museum）。论年代大英博物馆并不算古老，最初设置于一七五三年，由国会通过出资二万镑购入史龙爵士（Sir Hans Sloane）的藏书。四年后英皇乔治第二世（George Ⅱ）以皇家藏书归并于此，并且以法律规定，所有在英国境内出版的书籍必须由出版商以一册致赠大英博物馆。但是积年累月，图书不断增加，房舍亦得随着扩充。据说该馆每年须增建两英里长的书架，年年如此，几乎到了无法控制的地步。该馆正中是庞大的公共阅览室，是一座圆顶的宏伟大厅，里面一排一排的座位，经常座无虚席，但全室肃静，鸦雀无声。室中第G-7座位是当年马克思占有的，他在此苦读，撰作其《资本论》。孙中山先生也曾在此博览群籍，拟定他的革命建国的思想。列宁早年也曾在此研究各国革命历史。图书馆的书籍本来是不得污损的，但这位共产党徒却在他借用的书籍上任意批注，后来竟被珍藏起来，妥善保存。研究列宁生平的学者到此查阅他所作过的批注，惊叹这位发动俄国布希维克革命者用功之勤，好像大英博物馆所藏有关各国暴力革命的书籍他都曾细读，并且不惜违反规章作了许多批注。戏剧家萧伯纳，早年穷愁潦倒，几乎即以大英博物馆为家，在阅览室里看书写作，成了一代的文豪，并发了大财。萧伯纳生活吝啬，但遗嘱以他遗产三分之一赠给大英博物馆，数目可观。

　　大英博物馆虽以收藏图书起家，后来则成为名副其实的博物馆，凡是值得收藏的文物，应有尽有，当然其中也尽有不值得收藏的东西，混杂其中。这里有上古希腊神殿的石雕，不惜工本由希腊搬运到伦敦来。其中最著者为上古雅典山城（Acropolis）雅典尼（Athene）女神神殿的大理石雕刻，是公元前第五世纪的古物，一八〇二年，英国侯爵爱尔金（Earl of Elgin）驻节雅典，费了一笔巨款将这些石雕买了下来，拆迁到英国，现储藏展出于大英博物馆，通称为"爱尔金大理石"（Elgin Marbles）。希腊人对于爱尔金侯爵之搬运国宝，至今悻悻，但英国人则辩称，这些石雕是爱尔金侯爵从当时占领希腊的土耳其人花钱买来的，不能构成盗窃之罪。这一批石雕是千古杰作，观之令人惊叹上古希腊雕刻之鬼斧神工。大英博物馆藏有难以数计的上古埃及的遗物，从当时的石刻到僵卧的木乃伊，令人目不暇给。这里有全世界各地各时代的珍品，如要普遍观赏，不知要多少年才能得其梗概，也不过是走马看花而已。

　　我第一次到大英博物馆，匆匆走了几处，回到旅舍里不免暗自纳闷，究竟要怎样才不辜负此行呢？我留在伦敦的时间不多，似乎必须选择一两个项目，仔细看看，但应当选择什么呢？忽然一天晚上，我想通了：我该看馆中收藏的中国国宝，是在中国都看不到的，既然到此，当然不应错过机会。

大英博物馆藏有大量敦煌石室的文物，是由斯坦因爵士（Sir Aurel Stein）献赠的。斯坦因出生于匈牙利都城布达佩斯（Budapest），为犹太裔，早为英国籍民，我国典籍常称他为匈牙利人是不正确的。他是在光绪三十三年（一九〇七年）第二次到敦煌时听说到王道士圆（元）箓的石室发现，当即设法掌握其一大部分，分别装置在二十九口箱子里（装写印本图书者二十四口，装美术品者五口），经过十六个月航程，安全送到大英博物馆。斯坦因运去的有写本卷子八〇八二卷，木版印刷本二〇卷，大部分系有关佛教的典籍，但亦包括道教、摩尼教等典籍。写本卷子最古的为晋安帝义熙二年（四〇六年）的，最晚的是宋太宗至道年间（九九五至九九七年）的。大英博物馆所藏的敦煌石室文物早已成为中外学者深入研究的对象，举世皆知。我这次到伦敦，既无学力，亦无时间，从事任何性质的研究。不过中国流到海外这一批国宝，总想见识见识，于是央求主管当局准许，抽样式的看了一些。

斯坦因献赠的敦煌文物中，大英博物馆特别珍视唐代木版刻印的《金刚般若波罗蜜经》，陈列于第一层楼皇家图书馆一个玻璃橱中，一同陈列的为一二一五年的英国《大宪章》（Magna Carta）的原本，和欧洲早期所刊印的各种圣经版本，可见对于这部佛经之重视。《金刚经》是唐懿宗咸通九年四月十五日（即八六八年五月十一日），一位名王玠者为父母荐福所刻，当时刻了多少部，现已无从考定，敦煌石室所藏的是仅存的一部，则为不争的事实。我国雕版印书始于何时，学者尚无定论，但这部《金刚经》雕版印刷于一千多年前，自为稀世之珍。《金刚经》本文六叶，各叶接连黏为一卷，形成长幅手卷，长约十七英尺半，宽约十英寸半，每叶长约二英尺半，纸质普通，近乎白色。经卷首页为雕版印画，释迦佛坐于正中莲花座上，身躯远较画中其他人物为大，正作对其老徒弟须菩提长老作讲话之状。雕版印画之后，即为雕版印刷的经文，根据鸠摩罗什的译本。这个卷子完整无缺，雕版印画及文字均极精细典雅，佛画白描，线条遒劲，书法古朴，足见晚唐时代我国印刷术已很昌明。我到了伦敦，能够亲眼见到这部千余年的古笈，放在玻璃橱中，真是百感交集。我听说有人痛骂王道士的无行，指斯坦因为盗贼。但我也知道斯坦因于一九一四年再到敦煌，王道士又给他拿去了六口大箱子的文物。这次距石室的发现已有十四年时间，中国政府除了在光绪三十年曾下令敦煌县知事汪宗瀚，"经卷佛像，妥为封存"，而汪知事竟令转王道士"照办"的官样文章以外，对于这宗国家瑰宝始终没有妥善的保护措施，又哪能责怪人对之生觊觎之心呢？清廷政府之颟顸，"文学政治"之伤天害理，这是最好的一个例证。

大英博物馆所藏的另一件中国国宝为顾恺之所绘的《女史箴图卷》。顾恺之，浑称顾虎头，生于东晋康帝建元二年（三四四年），和大书法家王献之，以及翻译佛经的鸠摩罗什，生于同一年。关于顾恺之绘画艺术的著作和批评，汗牛充栋。他所绘的这帧《女史箴图卷》亦经中外鉴赏家作过深入的研究，日本人并且曾组织一个书法家团体专程到伦敦去考订临摹这帧古画。《女史箴图卷》究竟是顾恺之的真迹，抑为唐人或宋人所摹绘，鉴赏家尚未有定论。我国最早的画评家谢赫认为顾恺之的艺术虽高，但认为"迹不逮意，声过其实"；宋代的米芾则认为"虎头画但可悬之酒市"。然而近代的批评家赞扬他为"魏晋南北朝最大的人物画家"。这个《女史箴图卷》真是历尽沧桑，卷上钤有唐代弘文馆的印章；米芾虽然不大欣赏顾恺之的艺术，却在其所作的《画史》中著录此卷"在刘有方家，笔彩生动，髭发秀润"。宋徽宗曾将其在《宣和画谱》中予以著录。到了明代，此画落到严嵩手中，后来又转入大收藏家项元汴的库里，项氏照例在卷上钤上无数的印章。到了清代，此画先后为梁清标、安岐等大收藏家所有，乾隆皇帝在上面画了一枝兰花，也钤了许多"御宝"。我国最近的记录是此画为扬世齐所有。清末义和拳之乱，八国联军进京，此画不知怎样落到一位英国军官之手，携回英国，于一九〇三年三月，以廉价售予大英博物馆，遂成该馆所藏至宝之一。

　　《女史箴图卷》原分十二节，每节前端录有西晋文学家张华所作的《女史箴》一段，有人认为系顾恺之的字迹，并且有人认为系王献之所书。现在所见的图卷，第一及第二节已经佚失，自第三节后则保存完好，惟卷末应有的题跋则已被人截去。批评家早说顾恺之的用笔如"春蚕吐丝"，线条细劲，用力均匀，他所作的人物生动活泼，眉目传神。我没有资格对这位一千六百年前的大画家的艺术，妄忝末议，只是记录我曾亲眼看过这张名画而已。

伦敦位于欧洲北部，气候阴晦，一年之中没有多少天可以见到阳光，大部分时间全市为愁云惨雾所笼罩。雾是伦敦天气最大的特色。平时便是雾霭沉沉，配以如丝的细雨，阴寒彻骨，所以雨衣或雨伞是英国绅士出门必定随身携带的东西。英国人穿衣通用羊毛织制的呢料，尤其是一种名为Tweed者，坚厚而能御湿气，最合英伦的天气。一年之中，伦敦总有几次浓雾降临，天昏地暗，伸手不见五指，甚而使车辆不敢开行，全市陷入瘫痪状态。幼年时读福尔摩斯侦探小说，背景常常就是这种雾夜，杀了人容易逃逸，警察无从捉拿凶犯，给予侦探以大显神通的机会。未到过伦敦的人往往不明白雾霭岂能浓厚至如此程度，到了伦敦才知确是如此的。

照常理来说，在这种气候中，伦敦的市容应当适应环境，多用鲜明的颜色。然而英国的建筑，一般使用灰暗色的石块，或深红色的砖瓦，使得全市毫无光彩。伦敦市最难看的就是中下级的住宅区，一条街道两旁的房屋栉比相连，称为"排屋"（row houses），每一座式样都是完全相同的，住在这里的人往往走错了门户，惟有嗅觉特强的家犬才不至于迷失。我看了这些"排屋"，真是气闷，何以人住的地方要和鸽子笼一样，如此的单调？室外既然时常如此阴湿，室内总该温暖如春。然而英国人对于室内取暖，在现代设备普及以前，完全依赖壁炉，燃烧熊熊的炭火。英国人称壁炉为hearth，同时含有温暖家庭之意。但是在普通英国家庭里，壁炉只在客室有之，卧室和浴室便无此设备，沐浴时全赖热水的蒸气取暖，如厕则往往须穿上大衣。英国人是生性保守的，到了第二十世纪大部分家庭都还是如此的。至于那些比较富有的人则想尽方法到欧洲南部避寒，追求阳光。英国本身生活之太不舒适也许是英国殖民主义的一个原因。

伦敦之游是畅快的，有益的。临行之前，我约卡尔先生便餐，对他的招待表示谢意。他一坐下来便对我说，他认为我应当留在英国几年，在古老的法律学院修习法律，他可以为我请到一年的奖学金，如果成绩优异，奖学金可以继续，修完后可以为执业律师。他的提议是十分恳挚的，但我离国已有五年余，老父老母在堂，实不应在国外再作长时期的逗留，何况做执业律师亦非我志之所在，故婉辞谢绝了。在一餐饭的时间中，我们谈得很愉快，仍然是三句话不离本行，我对伦敦的观感如何，他倒是没有多问，好像是不必多问似的。餐后他要我为他写几个字作为纪念，临时想不出什么来，只得问侍者要一张信纸，即用铜笔写了李白的一首诗：

青山横北郭，白水绕东城。
此地一为别，孤蓬万里征。
浮云游子意，落日故人情。
挥手自兹去，萧萧班马鸣。

为外国人写旧诗，必须作翻译，而中国诗译成外文，往往原意全失。这次我为他翻译，绞尽脑汁，最后还得为他解释"秀才人情纸半张"的含意，然后珍重道别，从此结束伦敦之游。其后数十年，我重游伦敦许多次，卡尔先生则再寻不到了，大约他已退休，到别的地方颐养天年去了。但我每次到这个雾都，总难忘这位诚实纯洁的公务员，终身专事一个职业，孜孜不倦，正是英国文官制度下一位典型的人物。

巴黎印象记

　　在伦敦住了五个星期，我转游欧洲大陆，首先到了巴黎。
从这个时候开始，我的旅行完全是观光游览性质，但所偏重
的仍然是具有历史性的名胜古迹，纯粹娱乐性的场所则只是
去稍为领略而已。

　　巴黎的发祥地在赛因（Seine）河中流的一个小岛上。这
个地方原为约三万人的市镇，务农为业。约两千年前，罗马大
将凯撒（Giulio Cesare，英文称Julius Caesar）率军征伐高卢
（Gaul，即今日之法兰西），将这个小镇侵占了。数百年后，约
当公历纪元第三世纪，这里的人皈依天主教，其后虽屡受蛮
族侵袭，却能迅速发展，由小岛而延伸到赛因河的左右两岸，
渐渐形成一个都市，故后人称此小岛为"城市之岛"（île de la
Cité），实为巴黎的核心。

　　现在岛上最大的名胜为驰名寰宇的巴黎圣母教堂（Notre
Dame de Paris），是西方建筑美术的一颗明珠。溯自罗马征

服高卢之后，千余年来，法兰西的宗教建筑系以罗马纳斯克（Romanesque）式为正宗。这种建筑形式发源于北欧，我们不可望文生义，误认其系创自南欧的罗马。罗马纳斯克式的建筑，屋顶作穹窿形，门窗均为圆顶，并排而立，严正而统一，但显得凝重而单调，而且室内光线不足，故觉得晦暗阴森。第十二世纪中叶，法兰西的建筑师忽然创造一种崭新的式样，称为哥德（Gothic）式，风气为之一变。哥德式最大的特点是将重量及伸引力集中于石柱之上，尽量减少墙垣的面积，柱与柱间多开窗户。石柱瘦长，高耸云霄，故须在各方建立弯形拱壁予以支撑，形成极端复杂而颇不规则的结构，而使整座建筑显得体态轻盈，有飘飘然之感。哥德形的教堂例有尖塔，像陡峭的峰头。但巴黎圣母大教堂的一对塔则是平顶的，显示其尚未完成。当时不建尖塔或者是因为经费一时无着，但后来则索兴不建了，反成为这座大教堂的一项特色。这座大教堂是在一一六三年奠基的，至一二五〇年完成，修造期间八十七年。每一座教堂都有华表（Facade），巴黎圣母大教堂的华表高达六十九公尺，装饰繁缛，从上至下，满布石雕，题材大都为圣经故事，精工之极。我初到此游览，站在广场，昂首上望，高处的雕刻看不清楚。门前有摄影图片可买，按图寻索亦鲜有所得，不免失望。正踟蹰间，有一位教士经过，我冒昧向他请教，说这样精致的美术品，高高在上，使人无法仔细欣赏，岂不可惜？这位教士立即答道，这些雕刻原是奉献给上帝的，人们能否看到实无关闳旨。他的解释，寥寥数字，使我顿开茅塞，拨云见日，认识了宗教的一项真义。随后我步入大教堂里，立刻接触到四方瘦长的花窗，用染色玻璃镶嵌而成，有人像，有图案，以深红色和深蓝色为主，阳光透过花窗射入，柔和的光线使人感觉到身在另一个世界，超凡脱俗，尘虑顿消，充满着神秘的气氛。大教堂内是时并无仪式在进行中，而各方都有善男信女单独的在默默祈祷，双膝跪地，两手合十，闭目低头，口中念念有辞。这是巴黎市民在一天劳碌生活之中仅有的片刻宁静。他们的生活是劳碌的，辛苦的，为了温饱，他们受到不知多少困扰与失望。他们要神来保佑，使他们能够渡过安乐的一生。我们这一群衣冠不整的观光客，夹杂在他们之间，搅扰他们，实在不安，于是我们也都肃静起来，缓步蹑足而行，不敢喧哗了，宗教感人之深是言语所难形容的。近千年来，不知有多少隆重的仪典在这里举行，多少帝王将相在此祈祷上帝保佑他们勋业的成功。拿破仑就是在这里举行加冕典礼的，教宗亲临主持。但是拿破仑只从教宗手里接过皇冠来，由他自己带上，然后再为他的皇后加冕。我们到了巴黎圣母大教堂，身历其境，总不免想起当年在此所演出的剧幕，而悠然神往。这不过是阅历较浅者一时的感触。事看得多了，想到"固一世之雄也，而今安在哉"一类的感叹，毋宁是多余的。

从第十二世纪开始，巴黎所作有计划的发展，市区以内所

有建筑物之兴造及大规模之修葺，均须先以图样送交市政府
审核，获准后才得开工，其较重要者还须皇帝亲自核定。此一
制度使巴黎市内的建筑物，在造型及式样上均称调和，市区
形成一个整体，有其独具的面目。历代帝王以巴黎为其都城，
对于市政建设例极注意，随时留心整顿市容，而凡有兴建亦
必广征各方的意见，绝不轻率从事，就是帝王亦不敢任意为
之。巴黎之建设向以罗马为楷范，刻意模仿。罗马到处有广场
（Piazza），巴黎亦有之。罗马皇帝每征服一个地方便在市内
建造一个凯旋门，树立一个纪功柱，上面满布浮雕，纪述战争
的实况。法国皇帝也是照此行事，式样都是抄袭罗马的，最多
是稍加损益而已。罗马皇帝，包括后来的教宗，笃爱古代埃及
的方尖柱（Obelisk），不惜远自北非载运而来。巴黎市内也有
许多埃及方尖柱，作为各处广场中央的装饰。罗马最多喷泉，
巴黎亦比比皆是。摹仿罗马固然是因为那里的建筑物艺术价
值特高，最大原因仍是罗马曾为空前庞大帝国的中心，而法国
帝王又谁不曾梦想继承罗马皇帝的衣钵？

　　在法国帝王中，雄心最大的先有路易第十四世（Louis
ⅩⅣ），后有拿破仑。现代的巴黎几乎每一处都有他们手自核
定及监造的建筑物，甚至于可说现代巴黎就是他们两位帝王
的杰作，唯一重要的例外只是现已成为巴黎标识的爱弗尔铁
塔（Tour Eiffel）而已。

　　路易第十四世的文治武功，鼎盛一时。五岁登基，在位

七十二年，传位于路易第十五世，令人想起我国乾嘉的盛世。他将法国建为君权神授的专制国家，有"朕即国家"的豪语（其实此语并非他亲口说出的）。是时海内晏安，府库充实，法国的国运隆昌，如日中天，路易第十四还有"太阳之君"的美称。《汉书》高祖纪有一节说：

> 萧何治未央宫，上见其壮丽，甚怒。何曰：
> "天子以四海为家，非壮丽无以重威，且无令后世有以加也。"

路易第十四世用不着萧何为他策划，自己便在巴黎市郊建凡尔赛宫（Versailles），宏伟壮丽，世无其匹，使人睹皇居之壮而知天子之尊。凡尔赛宫之兴建始自路易第十四世在位之时，初步工程历时二十二载（一六六八至一六九〇年），其后续有增修。这座宫殿之修造，旨在力求侈靡，不惜工本，目的正是萧何所谓"无令后世有以加也"，故建成之后，雄视西方世界。欧洲其他皇室纷纷刻意模仿，但最多只能做到具体而微的地步。凡尔赛宫宫殿本身以及其所附的庭园，构成了建筑美术的一种型式。凡尔赛宫的庭园为勒·那特（Le Natre）所设计，他的宗旨正在"强迫自然接受对称的法则"，故全园的花草树木都成了几何图案，和自然的景象完全脱节，与东方庭园的设计，恰成尖锐的对比。

国人到此观光，自然想到本国的宫苑。秦始皇的阿房宫建造了十五年，隋炀帝的迷楼建造了十年，和凡尔赛宫难以比拟，想来不过是堆砌而成的许多组砖瓦木石构筑而已。我们惯用"画阁雕梁"，"美轮美奂"一类词汇来形容我国古代的宫殿，用到凡尔赛宫便感觉到不足以尽其万一。中国自古以来便不鼓励帝王耗费资财来建筑宫室，孔子称赞大禹"卑宫室而尽力于沟洫"，正是此一种思想的起源。司马迁记汉文帝的事迹说：

> 孝文帝即位二十三年，宫室园囿，狗马服御，无所增益。尝欲作露台，召匠计之，值百金。帝曰："百金中人十家产也，吾奉先帝宫室，常恐羞之，何以台为。"

司马光记唐太宗的事迹说：

> 太宗营玉华宫，惟所居殿覆以瓦，余皆茅茨。贞观二年，有司因帝病，宫中卑湿，请建一阁居之。帝曰："朕有气疾，不宜下湿；但若遂所请，糜费良多，非为民父母之道也。"竟不许。

司马迁、司马光记述这些事迹是在赞扬汉文帝和唐太宗之俭德，历代的史论家更是千篇一律的以帝王宫室之奢俭为品评的尺度，阿房宫、迷楼等等尽管并不十分壮丽，亦常被引为秦、隋两代享祚短暂的一个理由。我们读法国史，看到西洋史家对这些宫殿的夸耀，也可从中领略到东西文化之异同。

凡尔赛宫的确壮伟华丽，在穿过一组又一组金碧辉煌的厅堂走廊，令人想起法国历史上的许许多多大小事情。首先想到的自然是路易第十四世和路易第十五世在此征歌选舞，沉迷声色的侈靡生活，想到路易第十五世的两位嫔妃——潘巴度夫人（Madame du Pompadour）和巴利夫人（Madame de Barry），他们如何凭借君主的宠幸而玩弄政治，而导致波旁（Bourbon）皇朝的衰败和灭亡。法国大革命后，拿破仑文治武功，鼎盛一时，于是乃命画工在凡尔赛宫的墙壁上图绘历次重大战役的实况，法国人看了无不感觉骄傲。但是历史上载明，一八七〇年普法战争，法国惨败，德意志帝国成立，普鲁士王就是在凡尔赛宫中就德意志皇帝之位。这是法国的国耻，大家便不提了。

凡尔赛宫中有一处大厅，正是第一次世界大战后凡尔赛和平会议的会场，还有各国签字《凡尔赛和约》的那张桌子。我到此地游览，真是百感交集。我国受美国的敦促，参加对德、奥作战，原冀在和会中收回我国所丧失的诸种权利。但是到了和会之后，虽经我国出席代表力争，终于未能如愿以偿。由于这一场争斗，国内发生了五四运动，和随着发生的新文化运动，使我国走进了一个新时代。凡尔赛和会是我国第一次正式跃登国际政治舞台,而所扮演的竟是一个悲剧性的角色。中国为了山东问题而拒绝签署《凡尔赛和约》,而是走旁门进了国际联合会。当我漫游凡尔赛宫时,我国代表正在国联控诉东北问题,会场更换了,对手则未变,想起来岂不令人痛心。

罗浮(Louvre)宫为法国历代帝王所建造,屡作屡辍,前后历时二百六十余年之久。历代帝王对于营建宫殿,各有主张,建筑师们也各有其作风,经费也时常发生严重问题。路易第十四世气派最大,曾自罗马延聘当时最负盛誉的建筑师及雕刻家贝里尼(Giovanni Lorenzo Bernini)前来设计,有意建造一个最壮丽的华表。贝里尼到了巴黎,路易第十四世以外国皇族之礼待之,为其毕生的殊荣。贝里尼专长于营造巨形的柱廊,罗马圣彼得大教堂前面的两排半圆形柱廊,就是他生平的杰作。贝里尼也最喜欢以巨形的石雕人像为建筑物的装饰,圣彼得大教堂各面排满了石雕人像,即为一例,虽则这些人像并不是他所手自雕制的。贝里尼为罗浮宫华表所作的设计亦以石柱及雕像为主体,并且指定须从义大利和埃及载运大理石来制作。路易第十四世对贝里尼虽然非常尊重,但没有采用他的设计,恭恭敬敬的把他送回罗马去了。这是因为贝里尼所设计的华表,尽管壮丽堂皇,却纯粹为义大利的巴罗克(Baroque)样式,和罗浮宫其他部分实不配称。这一段故事说明法国的历代皇帝是有审美观念的,就是贝里尼的盛名也未曾震慑他们。经过二百六十余年的增修，罗浮宫的气派是统一的，各部分是和谐的，实属难能之极。这座庞然大物原为帝王的宫室，内部华丽无比。后来改用为美术馆，所藏的雕刻和绘画为历代帝王所收集的稀世之珍品，其在西方美术的地位，世无其匹，可以称之为西方的故宫博物院。

第十六世纪初年，法帝法兰苏亚第一世（Francois Ⅰ）笃爱美术，为法国第一位帝王收藏家。他生逢欧洲文艺复兴时代，正是西洋美术最蓬勃发展的时代，所以他收藏的均为最上的精品。其后历代帝王均有增添，蔚成大观。罗浮宫美术馆所藏的古代雕刻甚多，而以"米罗出土的维纳斯"（Venus de Milo）最为著名。这座石雕裸体女像系于一八二〇年由一位希腊贫农在米罗（Melos）小岛田野间偶然发现的。当时希腊为土耳其人所占领，几经周折，终于落入法国人手中，终于到了罗浮宫美术馆。这座石像出土时，两臂已经折断，两耳亦有残缺，但身体则颇完好，上半身裸体，下半身则有布巾遮掩，衣纹甚美。这座石雕无疑的是公元前第二世纪的遗物，或者是当时人摹仿更古的作品雕制，惟雕者究为何人，则无从判定。维纳斯女神是女性美的象征，古代人时常用之为雕刻的题材，各处出土者甚夥，各有千秋。惟在一般人眼中，米罗岛出土的这一座是最完美的，虽则尽有鉴赏家和考古家不完全同意此种看法。这座女神像，裸裎于眼前，玉洁冰清，令人不稍萌杂念。西洋美术批评家指出，观赏人像首先要能辨别何为

"裸体"（nude），何为"赤身"（naked），其间实有最根本的区别。"赤身"是脱光衣服。在现代社会里，人人都穿着衣服，只有在某种情形下才将其脱下，脱下了本人便有特殊的感觉，他人亦因而引起异样的念头。"裸体"是一种自然的状态，许多初民社会里，男女均不穿衣服，事出自然，便不会产生本人或他人的邪念。西洋美术注重人体之美，雕制裸像正是美的表现的一种手段，绝不存有猥亵思想，美而不淫正是西洋艺术的最高理想。我国《诗经》里有许多涉及男女关系的诗歌，但是"乐而不淫"，因为这些诗歌用意在美的表现，而不在诲淫，正和西洋美术中的裸像同一道理。进一步言之，在西洋美术家的眼中，裸体应不是美术的题材，而为艺术的一种型式，明乎此便可以了解在西方的大教堂里也满布许多裸像的原因。罗浮宫美术馆的主事者以米罗出土的维纳斯石像单独陈列于一间小室中，以示尊敬。但这间小室原来是以前一位以艳丽荒淫著称的皇后的浴室。这位皇后生活侈靡，浴室中的器具都是用纯金铸制的。纯洁的米罗维纳斯石像陈列在这个环境里，实在颇不相称。

　　法帝法兰苏亚第一世醉心于义大利文艺复兴时代的艺术，专诚延请多才多艺的李奥阿杜·达·芬奇（Leonardo da Vinci，我国亦有译其名为达文思者）到法国为皇帝的上宾。芬奇当时早负盛名，但晚年不为教宗所宠信，罗马教廷主持的许多建筑，芬奇均未奉邀参预，怀才不遇，自多感慨。他欣然答应法皇的征召，随身带了几件作品到了巴黎，在宫中住了几年，于一五一九年逝世，一说他就死在法兰苏亚第一世的怀抱之中。芬奇留在法国最著名的就是现在罗浮宫美术馆展出的蒙那·黎沙（Mona Lisa）半身少女像。这幅绘在木版上的油画是芬奇在义大利时所绘的，相传是他的一位朋友的妻子的画像。关于这幅人像，西方美术史家不知写了几千万字，可说是西方绘画中之最著名者，虽则并不见得是最好的人像画。有人认为这幅人像最大特色为其神秘性，尤其是蒙那·黎沙面部所含的轻微笑容，有难以捉摸的风情，而又不知她为何而笑，是为喜悦而笑，抑为看破红尘而笑。有人提到画后的风景，是一片怪石嶙峋的荒凉景色，究竟是确有其地，抑或是画家的想像？尤其不解的是何以芬奇要用这样的景物作为这位少女画像的背景，其中有无深意？据说芬奇费了四年时间作此画像，并将其带到法国，死后即流入罗浮宫。美术馆对于此画，备极珍视，但一九一一年却被一名义大利工人偷走，带回义大利，两年后才被寻获，再还罗浮宫。现在此画展出的地方，戒备森严，前面有铁栅，经常有警卫把守，往观者鱼贯在前面走过，不得流连，实难充分欣赏。

罗浮宫美术馆所收藏的美术品实在太丰硕了，是说不完，看不尽的。这里是上古至第十九世纪西方美术源流衍变的实物记录，几乎所有的名家均有作品代表，虽则在数量及质量而言，义大利和法国的作品较多，荷兰的也不少，而西班牙和德国的则稍嫌差些，也许是因为法国人对西班牙和德国的画风不甚欣赏之故。罗浮宫美术馆可以一去再去，先作一般性的浏览，然后选择自己所特别喜爱的作专题欣赏，其味无尽。

稍曾涉猎西洋史者都知道法国大革命发生于一七八九年七月十四日。在那一天，巴黎几百名群众攻袭市内的巴斯提（Bastile）监狱，释放了其中的囚犯，于是掀起革命的怒潮，推翻了专制政体，将路易第十六世及其皇后送上了断头台。历史教科书都是这样说的，法国至今亦以七月十四日为其国庆日，称为"巴斯提日"。我既到了巴黎，自当赶快去凭吊巴斯提监狱的遗迹。

巴斯提这个字原为堡垒之义，巴黎城内的巴斯提原来也是一座堡垒，建造于一三七○年，为巴黎东面的防御工事之一。这座堡垒作长方形，以坚实的石块砌成，周围布置有高耸的守望塔，并且有厚重的铁门铁锁以及一切应有的安全措施。从前皇室曾用之储藏备战争之用的黄金。在一六一五年时，法皇亨利第四世（Henri Ⅳ）既崩，由皇后玛丽（Marie de' Médici）摄政。这位出身于义大利佛罗棱萨（Firenze，英文称Florence，徐志摩曾译其为翡冷翠）望族的皇后决心营造宫室，仿照她故乡的卑提（Pitti）皇宫，以消解她的乡思。她亲自率领了全朝的贵胄到巴斯提堡垒，将全部储金取出而建造今日尚完好保存的罗森堡宫（Palais du Luxembourg）。这段故事使我们联想到慈禧皇后和颐和园。巴斯提堡垒亦曾为储藏禁书之所。第十八世纪狄得罗（Diderot）所编辑的《百科全书》（Encyclopédie）为政府所查禁，警察当局即以从各地没收的书储存在巴斯提堡垒之中，这部书后来开禁遂复将其取出发行。约三百年后，政府将这座堡垒改为监狱，但所收容的不是经普通法院判罪的一般犯人，而为由国王行使特权判罪的有特殊过失者。法国大文豪福耳特耳（Voltaire）曾两度被囚于巴斯提监狱，第一次在他年二十三岁时因作诗讥讽当道而被囚，九年后又因向权贵挑衅决斗而再度入狱。他在狱中诗酒自娱，并且完成了一个剧本。被囚在巴斯提监狱的人并未受虐待。他们可以自行装设布置其监房，并可随带仆役一名侍候。有一位出身贵族的枢机主教曾在狱中盛筵宴客，招待二十位嘉宾。曾经被囚于此者出狱后并无损于其社会地位，因为他们只是偶然触怒于君王，并非作奸犯科的罪犯。

　　一七八九年七月十四日晨间，巴黎几百名不满现状者，受一位野心政客的煽动，掀起暴乱，但无足量的武器和火药。他们听说巴斯提监狱里储有火药，乃于上午十一时向监狱袭击。狱长闻讯乃出来和乱民举行谈判，但不能满足其要求，乃引起乱民之两度袭击。乱民共有六百三十三人，守卫者则有瑞士籍的士兵三十二名，法国籍的退役兵八十二名。一天战斗下来，乱民死者八十人，守兵阵亡者一名。战斗过程中，乱民胁迫狱长释放狱中被监禁者，狱长屈服，惟在释放时，狱长及十二名瑞士兵竟为乱民所击毙。当时乱民不知,在狱中被监禁者只有七个人,其中四人为犯伪造罪者,一人为青年浪子,两人为患精神病者。这七个人忽然被释,完全莫名其妙,有一人且央求返回狱中。以上为近一百八十年来成千成万的历史家精心研究所发掘出来的事实,读来多么扫兴! 原来在一七八九年七月十四日那一天在巴黎起义的,并不是一群热血奔腾的革命志士,因为受了福耳特耳、卢梭、孟德斯鸠等人自由民主思想的影响,揭竿而起,推翻"旧政权",建立共和政体,而是几百名乌合之众,一部分是巴黎街头上游手好闲的无业流氓,一部分则是从乡间到巴黎来找职业的穷苦大众,偶然结合起来,兴风作浪。他们攻击巴斯提监狱,并不是因为这座由古堡改建的监狱囚禁了政治犯人,更不曾想到这是专制暴政的象征。他们向巴斯提监狱攻击是要抢夺其中所储藏的一百二十五箱军火,以便继续作乱,释放囚犯并不是他们原来的目的。最大的讽刺是偌大的监狱当时只禁锢了七个人,有小犯,有疯人,有浪子,都与政治全然无干。但是他们被释之后居然成为英雄人物,被人抬着在街上作胜利游行。这些都是有根据的事实;追求事实的真相正是史家的任务。然而七月十四日巴斯提监狱门首的这一幕悲喜剧,其故事和人物尽管是那么令人失望,却的确点燃了革命的火种,一发不可收拾,终于推翻了及埋葬了"旧政权",其波浪寖假而展伸到每一个人的心灵,世界每一个角落,使人类历史翻开了崭新的一页。这些又哪是巴黎街头那一群乱民所预想得到的？

　　就在作乱的那一年，巴斯提监狱被拆毁了，石块移去作别的建筑，铁锁则熔铸为各种纪念品，包括儿童玩具。我这次到了巴黎，寻访这项历史的遗迹，所余的已不多了，只剩下了一些断壁残垣和原址的础石供人凭吊。巴斯提监狱正门的巨形铁锁后经参预美国革命的法国人拉法夷脱（Lafayette）送给美国革命领袖华盛顿，现存于魏朗山（Mount Vernon）华盛顿故居的陈列馆中，竟成了人类民主自由奋斗的一项象征。一位学历史的人到了巴斯提监狱遗址这种地方，站在这一堆土石之前，天下兴亡多少事，好像一幕又一幕的重映在眼前，使人想到人类历史演变是多么神秘，有谁敢说他读了几本书后就能够明了治乱兴亡的道理，掌握着历史的锁钥，大言不惭？

　　现代巴黎市区的建设最大部分得力于拿破仑。拿破仑系于一七六九年生于科西嘉（Corsica）岛的阿嘉奇奥（Ajaccio）镇。科西嘉岛曾经欧洲许多民族先后占领，战乱频仍，而于一七六八年为法国所占领，次年拿破仑出生，故他为法国人。如果他早一年出生，便应是义大利人了，人类历史也许就大不相同了。拿破仑生而为法国人，就如同一般法国人一样，对于巴黎发生了爱恋。他身为法国皇帝，又有建立帝国的雄心，将来帝国建成，巴黎便为庞大帝国首都，万国来朝，自应有其雄伟刚健的气派。他宣称他将要使巴黎成为"世界最美的都城，自古以来最美的都城，千秋万世最美的都城"，并且要及身完成这项建设，故即在军旅之中，他无时不在为美化巴黎作打算，战事还在进行之中，他就在筹划如何在巴黎建立纪功的建筑。

为了纪念他在一八〇五年的战役，拿破仑建筑了一座凯旋门，称之为加路塞凯旋门（Arc de Triomphe du Carrousel），其形式系仿屹立于"罗马广场"的一座三洞式的凯旋门。罗马这座凯旋门系为纪念罗马皇帝塞提模·塞维罗（Settimio Severe，英文称Septimius Severus）于公元二〇三年战败波斯人和亚拉伯人而建立的，拿破仑喜爱其式样，乃予仿造，但是他拒绝以他的铜像安置于凯旋门之上。一七九七年，拿破仑占领了义大利的水城威尼斯（Venezia），将那里的圣马可（San Marco）大教堂顶上的四座铜雕马像搬到这座凯旋门之上。拿破仑战败，这四只铜马又回到威尼斯去了。巴黎最著名的凯旋门为"星状圆场凯旋门"（Arc de Triomphe de I'Étoile），亦为拿破仑所创建，纪念他屡次战功。巴黎市区的街道，不作棋盘式的安排，而作车轮式的安排。凯旋门所在的星状圆场是十二条通衢汇合之处，四方辐辏，气势最为壮伟。这座凯旋门的结构系仿"罗马广场"的狄托（Tito，英文称Titus）凯旋门而将其体积放大，但仍保留其单洞的构造形式。狄托是罗马皇帝，凯旋门是纪念他于公元八一年战败犹太人，攻取耶路撒冷而建立的。拿破仑以此为模范，建立纪念他自己的战功的凯旋门，自有深意存乎其中。然而这项建筑，工程浩大，未能及身完成，其后继续增建，布满浮雕，包括了拿破仑毕生的战绩。第一次世界大战以后，法国政府在凯旋门下建造了一座无名英雄墓，那里火焰熊熊，永不熄灭。

为了纪念他在一八〇五至一八〇七年的战功，拿破仑复仿古罗马皇帝的故技，竖立了一个纪功柱，称为梵东纪功柱（Le Colonne Vendôme），屹立于一个广场的中央，罗马皇帝图拉真（Traiano，英文称Trajan）为了纪念他东征今日罗马尼亚地方（古称Dacia），在罗马"帝国广场"（Foro Imperiali）竖立了一个纪功柱，以精细的浮雕刻划这次战役的重要场面。当时罗马帝国正在版图最广的时期，整个地中海可说只是帝国的内湖，文治武功之盛，史无前例。一八〇七年时，拿破仑的战功显赫，心理上早以罗马皇帝自居，仿照图拉真大帝自建纪功柱是很自然的。

拿破仑的种种纪功建筑物现已成为巴黎市的中心地带，为游人必到之区。尤其是从"星状圆场"射出的十二道通衢，实为全市精华之所在。其中最著名的为"香色丽榭大道"（Avenue des Champs Elysées），由凯旋门直通"协和广场"（Place de la Concorde），宽广的大道，植有几排法国梧桐树，市民在此散步，在道旁的露天咖啡座憩息。至于"协和广场"本身，尤其是建筑美术的一项杰作，这里有远从埃及搬来的方尖柱，是纪元前第十三世纪的遗物，用来纪念拿破仑埃及战役的，而这条方尖柱上所刻的则为鸭子、猫头鹰、蝗虫一类的图案，原亦为纪念古埃及皇帝拉眉丝第二世（Rameses Ⅱ）

的战功。围绕着这条方尖柱有喷泉，还有无数的石雕，虽非大家之作，配合起来亦极为壮观。"协和广场"的周围都是著名的房屋，门面似乎并不特别出色，而里面则又是另一天地，令人联想到我国故都北平的那些王府。

我们在巴黎到处游览，总是离不开拿破仑，乃索兴去看看他的陵寝。这处地方称为安瓦利（Invalides），为路易第十四世所建造的，规模宏伟。路易第十四世，东征西讨，士兵伤亡惨重，而退役之后，生活艰难，残废者只有充任贱役，难以糊口，甚至流为乞丐。一六七〇年，路易第十四世慈悲为怀，谕令兴建一座宫殿式的疗养院，予以收容照顾，取名安瓦利，即法文"伤残"之义。路易第十四世尊重这些荣民，指派最杰出的医师驻院为荣民服务，医师地位与禁内的御医相埒，医师死后并为雕制石像，陈列于院中，以为纪念。安瓦利疗养院附有教堂，上有巨形圆顶，矗立天际，堪与罗马的圣彼得大教堂和伦敦的圣保罗大教堂的圆顶媲美，为巴黎最壮丽的建筑物之一。

拿破仑于一八一五年滑铁卢一役战败后，被囚于南大西洋的一个小岛上。该岛名为圣·赫勒拿（St.Helena），在非洲大陆之西，距离非洲西岸一千二百英里，距离南美洲大陆二千英里，孤悬海中，断崖峭壁，甚为险峻。拿破仑在那里被拘留，英雄末路，悲惨异常，于一八二一年病逝，得年仅五十二。拿破仑虽然与世隔绝，但法国人却未忘却他为法国带来的光荣。他死后十九年，法国政府将其遗骸运回法国，奉安行列经过凯旋门下，举行隆重仪式，然后安葬于安瓦利教堂里。巴黎本有一处"全神殿"（Panthéon），是仿照罗马的全神殿建造的，具体而微，其中葬有许多名人，如文学家福耳特耳、卢梭等等，拿破仑在世时曾予修造。但是主事者认为拿破仑葬在全神殿仍不够尽其哀荣，乃决定以安瓦利教堂为其陵寝。此一安排是特别着重拿破仑的武功，用意深远，而且拿破仑早年学习军事的学校，即在近旁。而他生前也常到安瓦利来检阅后备部队和慰问伤残。拿破仑的遗体置于一个深红色云斑岩石椁之内，高高在石台之上，周围环绕着十二座雕像，以各种姿态象征"胜利"，气象万千，令人肃然起敬。安瓦利现在已不复收容伤残官兵，而改作为陆军部的办公室，故仍与军事没有脱离关系。

我在大学肄业时，修读过法国史，尤其是在哥伦比亚大学研究院选修过海申（C.D.Hazen）教授主讲的"法国革命与拿破仑"一科，短短二十六年（一七八九至一八一五年）的历史，足足讲了一学年，真是精详之极。这次我甫出校门，记忆犹新，初到巴黎，亲身到了书本上读过的种种史事的现场，以文字的记载和实物对照，流连忘返，允为人生一大快事。

近代法国历史上的两位大人物——路易第十四世和拿破仑，其功罪若何至今还是聚讼纷纭，而且永无盖棺论定之一日。本来盖棺论定这句成语是不懂历史的人说出来的，历史人物的功罪绝不容史家主观的遽下断语，而且一个时代对历史人物有一个时代的评价，随时都可作翻案文章。在法国历史上，路易第十四世和拿破仑的功业，辉煌显赫，多彩多姿，扩充了国家的版图，创建了庞大的帝国。然而在扩展版图的过程中，他们不惜牺牲数十万法国的青年，耗尽全国的精力。安瓦利是路易第十四世所建的，后来成了拿破仑的陵寝，当时为伤残士兵的收容所，现在则为陆军部的办公室，正是这一段法国历史的象征。路易第十四世的专制，凡尔赛宫中的宴乐，正是大革命的火种。大革命标榜的是"自由、平等、博爱"，而演变下来却成了暴虐政治，杀人如麻。上文提到的"协和广场"当初绝不和协，革命党人在此将皇帝路易第十六世送上断头台，两年之后，杀人如麻的革命党人罗伯斯庇尔（Robespierre）也就在此处引颈就戮。法国大革命所演成的是"以血洗血"的虐政，而出来收拾的，不是富有民权思想的革命志士，而为一位短小精干，雄心万丈的赳赳武夫。拿破仑无疑的是军事天才，攻无不取，战无不克。但他所缔造的，不是民主自由的政体，而先为他个人的独裁，继而帝制自为，缔造他的帝国，终为各国所围攻而败绩。百余年来，保守人士和天主教徒赞扬他，说他结束了革命的暴乱，恢复了天主教会的权威，确立了中产阶级的地位，将法国建立成一个现代国家。自由派人士也歌颂他，说他推翻了欧洲的封建制度，播下一八四八年各国革命的种子，而同时又指摘他的作风根本是反民主的，是独裁专制的。拿破仑制定法典，奠定了法治主义的基础。但他的行为所表现的则是唯力主义，他的征战不是解放战争而是武力征服。他好大喜功，穷兵黩武，为法国争取到胜利与光荣。同时他弄得国家民穷财竭，元气大伤，此后一蹶不振，一八七〇年败于普鲁士，使巴黎被围城至数月之久，死亡枕藉，惨绝人寰，且有巴黎公社之危，成为现代共产革命的先声。然而路易第十四世和拿破仑都美化了巴黎，留下了许多胜迹：罗浮宫、协和广场、凯旋门、纪功柱，就是他们留给巴黎的纪念品，供后人欣赏与凭吊，而他们还留下一种看不见的纪念品，就是因为他们的功业在每一个心灵上所留下的骄傲感，也就是现代法国的国魂。我们和法国人接触，提到路易第十四世和拿破仑，他们的眉宇之间自然的露出一种光芒，不是言语所能形容的。所有的法国人，上自达官显贵，下至贩夫走卒，无不对这座都城感觉到无比的骄傲。他们每天看见成千成万的游客，远自世界各隅而来，自然都是前来观光上国的。如果这些游客中有流连忘返者，巴黎市民亦认为是理所当然。

我既甫出校门，到了巴黎，自当到那里的最高学府参观。

巴黎大学的源起是富有浪漫情调的。远在第十一世纪末年，赛因河的小岛上设有一所名为圣母学院（Notre Dame）的天主教学校，校址即在后来兴建的巴黎圣母大教堂附近。院内有生徒名阿伯纳（Pierre Abélard）者，思想开通，对该学院院长依照传统观念所讲授的教义提出种种疑问。阿伯纳是一位理智主义者,认为宗教信仰应受理智的批判,通过理智批判的教义才能认为真理。在中世纪时代,这种思想是危险的,阿伯纳于是只得逃离学院,另在赛因河左岸一处高地,设帐授徒,从者甚众。生徒中有一位女子名爱露意丝(Héloïse),是圣母学院一位名为弗尔毕(Flubert)的教师的侄女,竟和阿伯纳发生热恋,两人情书往还,传诵一时。弗尔毕发现此事之后,即将爱露意丝打发到修女院里,在那里产下一个婴儿。这件事激怒了许多人,群将阿伯纳殴打,并处以宫刑。阿伯纳受此毒刑,好像我国的司马迁,即潜心教学和著作,广收门徒,他的学说虽为教宗所斥责,但未被认为异端,故风靡全国。阿伯纳在赛因河左岸讲学之处即为巴黎大学的前身,被誉为西方最古老的大学,只有义大利的波隆那(Bologna)大学或有过之。

巴黎大学古时向以纪律森严著称,学生在夏季清晨三时,冬季清晨四时,即须起床,除课业外还有种种宗教节目,终日不息,一律用艰深的拉丁文讲授及作业,彼此亦只准用拉丁文交谈。他们只吃豆类食品,营养不足,苦不堪言。他们行为稍有不检,即受残酷的体罚。大学课目以宗教为主,具有最高权威,教宗亦往往须尊重他们的意见。在大学攻读博士学位者须撰写论文,然后接受论文口试。参加口试者有二十位教授,每位教授发问半小时,从清晨六时开试,连续十个小时,不得进饮食。巴黎大学的教授多为名重一时的宗教学者,有几位且为天主教会封为"圣人"（Saint），圣阿奎那（St.Thomas Aquinas）即为其最著者。我刚从充满自由空气的哥伦比亚大学出来，听到巴黎大学这些掌故，真是不寒而栗。但这些都是中古时代的例规，时至第二十世纪早已大部废除了。

巴黎大学附近为法国学院（Collège de France），创于一五三〇年，许多法国知名学者都在此讲学，地位崇高。院中有教授五十人，他们的讲堂是绝对公开的，任何人都可前往听讲，不收费用，亦正是法国高等教育的又一特色。

巴黎是西方美术的首都，不但罗浮宫等美术馆的收藏丰富，世界上首屈一指，而且整个都市充满着美术气氛，各国著名的画家、雕刻家均在此工作，教授生徒。据说巴黎这个地方至少有五万位美术家，他们的作品由三百六十个画廊经常展出，任人欣赏与采藏。这些美术家们来自世界各地，一般的习惯是头发蓬松，满面于思，打着蝴蝶式领结，不修边幅，日间在画室辛苦工作，夜间则群集咖啡馆中饮酒清谈。这些美术家固然有极端杰出的，但亦尽有一笔也画不成的，装模作样在巴黎鬼混而已。巴黎左岸为美术家汇集之区，我到左岸游览是由在巴黎习美术的秦宣夫君所引导，他后来回国在清华大学授西洋美术史，和我同事。当我们在大街上漫步，想到我国早年留学巴黎的西洋画家，如张道藩、刘海粟、徐悲鸿、林风眠等，巴黎左岸尽有他们的足迹。这些人在国内都是赫赫有名的人物，在美术上亦有相当的成就，但是还不能跃登国际艺坛之上，外国人认识他们的作品者绝无仅有。然而他们是以西方美术传入中国的媒介，为中国人开拓了一个崭新的境界，其功究不可没。老实说来，专就绘画而论，西洋远古及中世纪的绘画艺术价值并不太高，西洋绘画的全盛时代为文艺复兴时代，时当明代中叶，年代并不太久远。早期的耶稣教会传教士到中国，带来了天主教堂中所必备的圣像。我国人见了大为惊讶，赞叹不止。明万历廿八年（一六〇〇年），耶稣会传教士利玛窦（Matteo Ricci）带来天主教圣画若干帧，献给万历帝，姜绍闻的《无声诗史》说：

> 利玛窦携来西域天主像，乃女人抱一婴儿，眉目衣纹，如明镜涵影，踽踽欲动，其端庄娟秀，中国画工，无由措手。

我们从这段记载看来，利玛窦呈献给万历帝的当为一帧圣母圣婴像，不知何人所作，想来大约是一般画工的作品，或者是名作的模本，只因当时我国人未曾看到西洋绘画的作风，见到这些画的阴阳远近，不差锱黍，与中国画迥异，乃作此大惊小怪之论。中国人初到西洋学艺术是民国初年的事，他们将西洋的绘画艺术介绍到中国来，使国人耳目一新，正是中西文化交流的功臣。犹想南北朝梁代画家张僧繇画一乘寺门，作凹凸花，系天竺画法，"远望眼晕如凹凸，就视即平"，是将印度的画风传到中国。在此同一时期，波斯画风也传到中国，据说东晋大画家顾恺之就颇受其影响。至于中国的佛画，自汉代佛教自印度传入中国以后，即连带传入中国，造成一时的风尚，两千年后还有痕迹可寻。例如隋代的曹仲达，从位于今日新疆省的高昌国传入中印度笈多（Gupta）式的佛像作风，唐代画史家张彦远说"其体稠叠，衣服紧窄，时称曹衣出水"。张僧繇、曹仲达等人的作品我们无缘得见，若从纯粹创作而言，似乎亦未见得特别高明。然而他们的确为中国艺坛启辟了一个新方向，在中国画史上便有其地位。我想早年留学巴黎的几位画家，亦应如此。

巴黎以"食"、"色"驰名世界，灯红酒绿，纸醉金迷，但穷学生无此"口福"和"艳福"，只有"垂涎"而已。所幸游览名胜花不了几文钱，倒可以大饱"眼福"，我在几个星期之中，差不多走遍了巴黎应看和得看的地方。

巴黎这个大都市，游倦了随时随地都有憩息的地方。最普通的是街道旁边的露天咖啡座，占一个小桌子，叫一杯饮料，可以坐上一两小时，看路旁的行人，形形色色，通称之为"巴黎市民"，贵贱贫富，男女老幼，川流不息的在眼前走过。法国女子不一定是最美丽的，但她们无不用尽心思来修饰自己，自有一种"帅劲"（chic），总觉得比他处的女子漂亮些，时髦些。一个人在咖啡座上坐着，如果生意清淡，堂倌会前来搭讪聊天，手臂上挂着一块白布，站在桌旁，侃侃而谈。他首先设法了解客人的兴趣。如果客人的兴趣是法国政治，他的话就多了。他对当前所有的政治问题，都有一套独到的见解，往往对于现在政治舞台上的人物作严厉的批评，说得他们一文不值，毫无保留。巴黎市民一向对现状不满，法国多次革命都是从巴黎爆发的，也许就是这个原因。在一处咖啡座谈政治，在另一处可以谈些别的问题。如果对文学有兴趣，堂倌可以详细的叙述到过这处的文人墨客以及他们的逸闻遗事，如数家珍。"当年嚣俄（Victor Hugo）常来这里，就坐在那张椅子上，左拉（Emile Zola）也偶然前来，他爱饮……"，滔滔不绝。如果咖啡座是艺术家常到之处，堂倌所知更多，当年摩内（Monet）怎样，舍赞（Cézanne）又怎样，讲得眉飞色舞。在巴黎坐咖啡座是一种乐趣，同时也是一种教育，最好是在生意较清淡之时前往，人挤了堂倌便没有时间闲谈。咖啡座上尽有风尘女子在那里流浪，和其他客人眉目传情。客人尽可以招她们来陪坐，所付者只是酒资而已。客人如有醉翁之意，自可在此办理交涉，讲价钱，谈不妥亦绝无困惑之感。她们首先说到她们的身世，各有一套，悲苦凄凉，虽然全是假的，听听自亦无妨。

赛因河蜿蜒于市区之中，上有约三十道桥，每道都有其艺术的价值。河畔两岸垂杨，正是最好歇脚之处。这些是青年男女谈情说爱的地方，互相拥抱热吻，游人最好不理会他们，因为他们是绝不理会游人的，真正做到"旁若无人"的境界。赛因河是巴黎市的交通要道，水上不断的有船只往来，但是河水清澈，轻盈曼妙。我曾看到有人描写巴黎的赛因河，"从辽远的山村而来，向浩瀚的大海而去，历尽繁华而不染"，写得恰到好处。巴黎有"书城"的美称，书店书摊特别多，而赛因河畔的书摊最多，游人尽可在此翻阅，书贩绝不干涉。法国书籍最大多数是纸面的，取价低廉，但是书页往往是相连的，须要裁开才能阅读。我读法文书总觉得不便，到了巴黎才知有其道理。如果有人在书摊上翻书，用力将书页裁开，书贩便提抗议。最讨厌的是巴黎各地都有流氓向外国兜售春画，拉住人不放，鬼鬼祟祟，所售者都是不堪入目的图片而取价奇昂。

　巴黎铁塔是全市的标识，也是全市最难看的建筑物。这座铁塔是一八八七年开始修造的，工程历时两年，于一八八九年三月三十一日正式完工，为是年巴黎世界博览会的中心，亦为当时全世界最高的建筑物。设计监造者为一位德裔的工程师，名艾弗尔（Gustave Eiffel），当时颇负盛名，曾协助铸造美国纽约港的自由神像，参加过苏彝士运河和巴拿马运河的设计，但却以修造巴黎铁塔而名垂不朽。在他发表铁塔图样时，许多巴黎市民提出抗议，请愿书数以千计，包括文学家莫泊桑（Guy de Maupassant）、小仲马（Alexander Dumas, fils）等等，认为铁塔将损坏了巴黎的市容。但是铁塔终于一层又一层兴建起来。这座铁塔系用钢筋铁骨搭架起来的，全部暴露在外，没有任何装饰，实在难看之极。然而铁塔高耸云霄，从各方都可以望见。据说有一位巴黎市民，每天午间必到铁塔第一阶层的餐室午膳，总是叫骂不绝口，或则说酒菜不合口味，或则嫌侍应生招待不周。有一次餐室老板忍不住了，走来问他："先生既嫌餐室不好，何以每天都来用午膳呢？"顾客当即答道："餐室确然不好，但这是全市唯一看不到那个丑恶铁塔的地方！"

我游巴黎，故意留到最后几天才往攀登铁塔，认为对巴黎全市有了相当认识之后才作鸟瞰，似乎好些，并以此向巴黎告别。那一天蔚蓝色的天空只飘浮着朵朵白云，我挤在人群中乘电梯上瞭望台，环绕着走了一周，全市景物，尽在眼前，不由得想起路易第十四世和拿破仑两位帝王。人类伟大的建设只有雄才大略者才能缔造成功的。他们在世时，文治武功，显赫辉煌，却已都成泡影，遗留下来的就是这座恢宏富丽的都城，供后人凭吊，供后人享受。

法国印象派绘画

巴黎之游使我首次直接接触到法国印象派绘画（Impressionism），大开眼界。这一派绘画从此与我结上不解之缘，嗣后每到一处旅行，例必设法看看当地公私所藏的法国印象派绘画，以饱眼福，并且因此而结识了几位著名的收藏家，成为终身的朋友。

第十九世纪中叶，法国有几位青年画家在试验新的技法与题材，所作不落前人窠臼，对古典派作大胆的挑战。他们以其作品送到画院所主办的展览会参加展出，经画院当局予以拒绝。画院系由全国美术学校的教职员所组成，深受古典艺术的束缚，眼光保守，看不上这些新派的作品，故不准其参展，引起一场风波。当时拿破仑第三世在位，竟有此雅量下令将所有画院拒绝的绘画，集中举行一次特别展览，名之曰"被拒作品展览会"（Salon des Refusés）。此项展览举行于一八六三年，观众虽然颇为踊跃，但受到各方一致的讥诮怒骂,冷嘲热讽,无所不用其极。显然这群画家勇于尝试,大胆的作风,尚非艺坛所能接受,亦不为观众所欢迎。

这次展览最受抨击的一幅画是马内(Edouard Manet)所作,故他成了这次争执的中心人物。马内出生于一个富有家庭,生活不虞匮乏,自幼爱好绘画,注重光对于各种物象的反应,对于物象本身并不感觉特别重要。然而他受抨击最烈的却正是因为他所绘的题材不对,被人指摘有损公众道德。他所展出一幅画名为《草坪上的午餐》(Le Déjeuner sur l'herbe),图示两位男子,穿着便装,满面于思,坐在草坪上,面对一位全身裸裎的青年女子,背景中还有一位半裸体的女子在林木水边,大约是在穿衣。画面的左下角堆着一些剩余的食品,糅乱不堪入目。显然的两位男子是青年画家,日间带着两位模特儿在林木中习作人体写生,到了午餐时候,即将带来的食品放在草坪上同吃,吃完了即在草坪上休息,然后继作写生。两位模特儿在写生时本是裸体的,进午餐时没有穿上衣服原不足为奇。但是当时守旧势力认为这幅画的布局过于大胆,一致对马内围攻,指摘他有意颠覆社会,认为他这幅画实为诲淫之作,不足以登艺术之堂。

过了两年,马内又展出一幅更受人抨击的油画,名为《奥仑比亚》(Olympia),图示一位妙龄女子,赤裸裸的卧在床上,两眼直视观者,好像是招引其到画里来似的。画的右方有黑人女仆一名,正以鲜花一束送上来,显示床上的女子是在等待她的男友的来临。画的最右方，床上有黑猫一只，尤其增加性感的引诱。在西方美术历史中，裸体女像，古已有之。但是过去的裸体女像都是属于神的领域，属于维纳斯（Venus）的境界，玉洁冰清，不该引起观者的邪念。马内这两幅画，将裸体女像放在日常生活的环境当中，尤其是《奥仑比亚》这幅画，将裸体女像放在女子通常脱下衣服的场所，男子纵未出现，而鲜花已来，谓其含有诲淫的用意，实亦非过当。这里引起了写实主义的争执，问题在写实主义是否应当有其范围，是否有的题材可以入画，有的题材不该入画。马内以从前认为不该入画的题材搬到画面来，称之为艺术，是大大的扩展了写实主义的范围，故引起当时各方严重的抗议。为了使他的画为社会所接受，马内作了一幅法国文豪《左拉画像》（Portrait d'Emile Zola），图示左拉在书斋里看书，壁上的装饰包括日本花鸟立轴一帧，一张日本浮世绘版画，还有《奥仑比亚》的小型复制品。《左拉画像》作于一八六八年，距离《奥仑比亚》初展尚未到三年。马内将其复制品悬之于左拉的书斋，显然含有特殊的宣传作用。

　　巴黎这一群新兴画家真是受尽了画院的压迫和社会的奚落，简直透不过气来。但是他们不曾气馁，仍然孜孜不倦的追求他们的理想，并且在一八七四年，自组画会，举行展览。他们这次展出，距离"被拒作品展览会"已有十一年，但是他们的画风依然得不到保守派的容忍，遑论为社会所接受。当时有一位新闻记者到场采访，写报导时想不出一个名词来概括这群画家的作品。他忆及展览会中有一幅画名曰《朝阳的印象》（Impression, Soleil levant），画题有"印象"一词，遂以之为这群新画家作品的总名称。这是印象主义绘画这个名词的由来，纯出偶然，我们不可望文生义，就"印象"一词作无稽的解释。尝见我国有人见到这个名词，大作文章，说我国的写意画或泼墨画就是印象主义，比法国还早千几百年，为中国文化之古老而吹嘘，便不但谫陋令人发笑，而且迹近荒唐了。至于由之而产生印象主义这个名词的那一幅《朝阳的印象》，是摩内（Claude Monet）的作品，图示一处海滨，旭日东升，晨曦反映于水面之上，着色浓厚而富有戏剧性，实亦名不虚传。

印象派绘画在第十九世纪末期，蓬勃拓展，才华泛滥，画家们各抒妙绪，尽量发挥其心灵中的豪情，而且在不断的扩开其领域，作风也有前后的不同。兹将其最杰出者八人，依其出生的先后，列表如后：

马内（Edouard Manet, 1833—1883）

狄卡（Edgar Degas, 1834—1917）

舍赞（Paul Cézannc, 1839—1906）

摩内（Claude Monet, 1840—1926）

雷诺阿（Pierre-Auguste Renoir, 1841—1919）

高干（Paul Gauguin, 1848—1903）

梵高（Vincent van Gogh, 1853—1890）

土鲁斯—劳屈克（Henri Toulouse-Lautrec, 1864—1901）

这八位旷世奇才都出生于第十九世纪中叶，最早为一八三三年，最晚为一八六四年。寿命最长的是摩内，享年八十有六；寿命最短的为梵高，于三十七岁时便自杀而亡。这一群人大部分曾住过巴黎，彼此相识，而且时常在巴黎哥尔布亚咖啡座（Café Guerbois）聚集。他们各有其惊俗高世之行，相率为无涯岸之迂论，或彼此品鉴，互相标榜，不消说这处咖啡座也早成为巴黎名胜之一。

美术史家依照他们个别的画风，将上述八位画家分成两派：一派为早期印象派，马内、狄卡、摩内、雷诺阿、土鲁斯—劳屈克属之，可以摩内为代表；一派为后期印象派，舍赞、高干、梵高属之，可以舍赞为承先启后的人物。大致言之，早期印象派画家虽然受到社会的讥诮，他们仍能本着一方面挣扎，一方面容忍的精神，与社会相周旋。他们没有妥协，更没有投降。至于后期印象派的画家，则不但参加了这项艰苦的斗争，而且勇往直前再作更新、更大胆的试验，为印象派打开一条出路，蔚成一代的风气。

摩内是早期印象派的中心人物。他出生于贫苦家庭，而对美术有不可抗拒的爱好。青年时代，他的妻子病笃，无资延医治疗，他曾一度试图沉海自杀。但是他终于渡过重重难关，年登大耄。

摩内的美术完全寄托在光与色的交互作用。为了发现此中的道理，他曾费尽了心思。据传他一位朋友（一说就是他的妻子）死亡，他瞻仰遗容，竟不由自主的留心到清晨的阳光照在死人肌肤上所发出的幽光。为了研究光与色的交互作用，他曾连续画了一堆稻草三十二遍，又画了卢安（Rouen）大教堂的华表二十遍。批评他的人说，暗淡的稻草堆和灰石建造的大教堂华表是没有光泽的，这是白费工夫。他还画了一个莲池几遍，倒比较有些意义。其实摩内的用心在发现光有种种不同，空气亦有浓淡之分。尝阅唐人黄休复所作《益州石画录》，上载唐僖宗时，南海人张询随驾入蜀，昭觉寺梦休长老请张询图绘寺后之山，他分别画了三幅，一堵早景，一堵午景，一堵晚景，谓之"三时山"。这个故事和摩内之一再图绘稻草堆、大教堂、莲花池，如出一辙，可惜纵览中国画史，只有千余年前的这一个例子而已。

摩内首倡光的重要，并不是只讲阴阳向背，所谓光线明暗法，透视远近法，将立体的对象搬到平面的画面上来，这种手法西洋画家早有很高的造诣。摩内的目的在作光的分析。日光通过棱镜即分散为各种颜色，他想到如果以各种色料，不预加调和，即直接施之于洁白帆布之上，光泽便自然产生出来。光既由色所组成，光即是色，色即是光。摩内的画面，五色缤纷，都是由纯色的小点小画组成的，看来与南齐谢赫六法中所谓"随类傅彩"，颇有未合，也可以说更深了一层。当印象派绘画初起时，法国一位批评家说："树木不是紫色的，天空也不像一片新鲜的牛油。"这是从"随类傅彩"的观点出发，亦可以谓之严格的写实主义。但是摩内的将光和色作深入的分析，使其糅合起来，所以他的画面，近视之好像是杂乱无章，而且非常粗糙，远视之则景物的轮廓毕露，蒙蒙中发出一片幽光，正合他辛勤追求的效果。摩内以风景画见长，全部在户外写生，用意在捉住自然的光彩，不像一般画家只在户外作一粉本，回到画室才将全画完成。他的艺术完全以光与色为主体，在一片光芒中勾勒的线条和各种造型的笔画都被淹没了。他对于谢赫所谓"经营位置"亦不大注意，但他的风景画是极端可爱的，因其颜色鲜艳，光彩照人。我在罗浮宫美术馆见到他于一八七四年所作以帆船比赛为题材的风景画（Régates par temps gris à Argenteuic），由红色、绿色、灰色、白色等配合起来，充分的将春光明媚的景色表露出来。摩内终身孜孜矻矻，到了暮年，他的作品显然不如以前了。罗浮宫美术馆展出他于一九〇四年所作的《伦敦的国会》（Le Parlement de Londres），烟雨迷蒙中只隐隐的可以辨出国会大厦的阴影，前面有一道红光，似亦不足以代表泰晤士河，全幅画面近看固然是杂乱无章的色点色画，远观也是窈窈冥冥，一片模糊。这个景色虽说是伦敦浓雾中的实况，但模糊的浓雾究竟一无足观，显然的在摩内的晚年，他的创作力已经渐趋枯竭了。

印象派画家之所以被归成一派固然是因为他们所追求的目标大致相同，技法亦大同小异，但他们却绝对不是互相抄袭，他们所选的题材亦各有专门。狄卡的主要兴趣在图绘巴黎的生活（la vie Parisienne）。不消说狄卡是热爱巴黎的，他所图绘的正是这个大都市的形形色色。他在早期喜欢巴黎的赛马场，将赛马场中紧张的情景搬上画面。后来他又作了一连串关于芭蕾舞的图画，所表现的不是芭蕾舞台上的情景，而是台后或台外的诸般活动，描写髫龄少女们如何辛勤的练习舞步舞姿，在芭蕾舞学校如何接受坚苦的训练。我在罗浮宫美术馆见到狄卡所作的油画《舞蹈考试》（Examen de danse），老师站在中央，一群小女孩环立，正是他的一张杰作，着重在表现这些场合的动态，捕捉各种动态的一刹那，将其记录下来。他的写实主义是无情的，没有任何保留的。他所绘的人物包括咖啡馆、酒吧里的角色。尝见他所作的《大使咖啡馆的音乐会》（Au Café-concert 'Les Ambassadeurs'），图示一位穿着鲜红晚服的女歌手在台上演唱，有如生龙活虎一般，而台下的听众则无精打采的排排坐着，造成一个尖锐的对比。狄卡在罗浮宫美术馆展出的一张人像画 "L'Absinthe"，图示一位落泊的中年男子和一位满面愁容的女子并肩而坐，桌子上放着两只玻璃杯，由画题上可知他们正在饮强烈的艾酒。他们二人的生活想必是艰困而苦闷的，借酒浇愁，而似乎并未得其乐。这幅画面很简单，却写尽了巴黎市民的孤寂。狄卡是第一个以堕落者作题材的画家，"画笔一挥而能表达一本大书的内涵"。我们看了这几幅画，可信此言之不虚。

第十九世纪中叶，欧亚通商，大批日本玩品流入欧洲，包括日本的浮世绘版画。浮世绘的作风深为西方艺术家所激赏，大家争相购藏，葛饰北斋、喜多川歌麿、歌川国贞、安藤广重等版画家的作品，风行一时。据说是一八五六年，法国一位陶瓷设计家偶然在自日本运来物品包纸中见到一幅安藤广重的版画，大为欣赏，见人便予称赞，从此浮世绘便广为传播起来。一八六七年，歌川国贞的作品并曾参加巴黎国际画展。狄卡在一八五九年初次见到浮世绘版画，立即受到其深厚的影响。浮世绘本来是风俗画，描写一般庶民的生活，日本所谓"游女"、"役者"都是题材，正合狄卡的胃口。同时，浮世画有些技法亦与西方绘画艺术迥不相同，给予狄卡以许多启示。最使法国人惊叹的是日本绘画的定点透视角度，绘者选择一个观点，透视一个场面，将其图绘下来。这个观点不一定是在正面，任何角度都可以采用。日本人绘室内的活动，可以由上端下望为观点，将房顶全部揭去。他们又长于捉住各种动作的一刹那，将其冻结，有如动态的摄影，或电影片中的一个画面。狄卡对这种技法，十分欣赏。他所作的画，尤其是以芭蕾舞为题材的一系列，处处都在尽力表现动态。尝见他所作《幕后的舞娘》（Danseuses derirère le portant）一幅画，从上端向下透视，角度倾斜。图示适在台上舞罢的两位舞娘，进到后台，精疲力竭，面容憔悴。其中一位正以右手扶着墙壁，左手在脱去舞鞋，而另一位则在匆匆走开，只露出半个身体，其他半个身体已经走离画面了。这些技法都是浮世绘版画的作风，较之传统画面来得生动活泼，大大的增加了观者的情趣。

也许是狄卡提倡有功，浮世绘版画对其他的印象派画家也发生了深厚的影响。上文提到马内就在其左拉画像中以浮世绘版画来陪衬他的《奥仑比亚》，梵高更亲手临摹安藤广重"名所江户百景"两张。法国批评家德冈古（Edmond de Goncout）著有专书介绍喜多川歌麿和葛饰北斋的作品，引起了世界各隅的兴趣。例如当代美国籍建筑大师赖特（Frank Lloyd Wright），在日本一方面设计东京的帝国饭店，一方面收集浮世绘版画。又例如美国名小说家米奇纳（James A.Michener），由他的日籍妻子协助，收集了许多浮世绘版画，以他优美的文笔著书介绍，书名"The Floating World"。由于他们的提倡，ukiyo-e在西方已成家喻户晓的名词，其始作俑者就是狄卡。

土鲁斯—劳屈克（简称劳屈克）的画风和狄卡最为接近。他出生于朱紫之门，世袭伯爵。不幸在髫龄时，他两度跌断双腿，及长身体上部发育正常而两腿萎缩，成为畸人。他的残缺使他生活有种种不幸的遭遇，尤其是女子不愿与他亲近，只得长期寄寓于勾栏之中，下流社会人物成为他的伴侣，和他们一同流浪，终于因酒色过度而丧生。

劳屈克的生活虽极不正常，他对于艺术却是绝对忠实而严肃的。他下过苦功来学到印象派的技法，执起画笔来描绘他所熟知的社会。但他无意于诅咒社会，亦无掀起反抗的意念。反之，他的目的只在报导社会的各方面，九流三教，无所不包。他和狄卡一样喜欢马戏班的色彩和动作，所作《费南度马戏班》（Au Cirque Fernando）一幅油画，不但色调鲜明，动态活泼，而且让观者从左上角下望，尤具浮世绘版画的技法，允称佳作。我所见他所作的女像，一为《出浴》（La Toilette），一为《休息中的模特儿》（Le Repos du modèle），均为背面之景，而且不全部裸裎，具见其独具匠心。劳屈克留下的作品不多，一般而言，均为结实之作，并不是他不正常生活的反映。

"网球场美术馆"（Jeu de Paume）是罗浮宫美术馆的一部分，专门展览印象派绘画的场所，一进门即可望见一幅巨型的裸体女像，体态丰腴绰约，肌色红润，受过我国旧式礼教的人见此总不免有些不安。这幅女像正是印象派大师雷诺阿的杰作之一。

雷诺阿是一位穷裁缝的儿子，十三岁起即须自谋生活，在一家陶瓷店里当画匠，以花卉人物作各种器皿的装饰，随后又为贵妇摹拟山水名作于纸扇之上。在他二十岁之时，他决定做专业画家，结交了几位印象派的朋友，并以人物画一幅参加一八七四年的展览，遂正式加入印象派的阵容。从此以后十数年，他画了许多纯粹印象派的画，有人像、风景、花卉、静物等等。

约在一八八一年前后，雷诺阿感觉到印象派发展已到了顶峰，若果循着旧路前进便只有下坡。就在这一年，他到义大利去研究古罗马和文艺复兴时代的艺术，发现他应当专攻裸体女像。这一年冬天，他开始试验，即以他的妻子为模特儿，结果画了那幅《浅黄色的浴者》（La baigneuse blonde），图示一位少妇半斜身的裸体，坐在海边。少妇的身体是浅红色的，滑润如一颗珍珠，她的头发是杏色的，景背则为地中海的一片深蓝。从这个时候起，雷诺阿几乎全副精神贯注在裸体女像上。他坦白的认为女性的身体是美的极致，没有女性的身体便无所谓美术。为了使女子暴露其身体，他所画的多为女子入浴的场面，罗浮宫美术馆展出的《三女入浴》（Trois baigneuses），虽然只是一张卡通（画稿），却充分表现雷诺阿实已将他的裸女像与古希腊的石雕维纳斯像冶于一炉。他谨慎的选择所用的模特儿，包括他的妻子和家中的佣人和婢女，一般而言，体态偏于肥硕，没有多少玲珑的曲线，着重点在表现肉体之美，尤其是肌肤之红润晶莹，故有人称他为"肉体的膜拜者"。晚年时代，他所作的几乎全部为裸体女像，层出不穷。他患着严重的风湿症，痛苦异常，但是遇到他喜欢的模特儿，他还不肯放下他的画笔。

　　舍赞是后期印象派的魁首，也是现代立体主义、野兽主义等画派的先锋，故有"现代美术之父"的尊称，为一位承先启后的伟大人物。

舍赞生于一八三九年，成年时正当印象主义如日方中的时代。这个时候他已有相当造诣，画风属于摩内一派，故曾以作品参加印象派的展览，并受当时社会的讥诮。一八七七年，也就是第一次参展的那一年，他作了一幅《自画像》（Auto-portrait），神采奕奕，纯粹是印象派的作风。

约当他四十岁的那一年，舍赞开始怀疑印象派的诸项信条，而想从根本上着眼，另图自己的出路。他是一位内向的厌世主义者，就在此时他回到他的家乡，在法国东南部Aix-en-Provence地方，埋头作画理的"研究"（recherches），作了种种试验，艺坛的朋友很少和他来往，只在偶然的通信中获知他在画理上有什么创见与发明，但亦语焉不详。他在画史上的重要地位是在他身后才被人"发现"的。画史家根据他的作品和书札，大作文章，讲得玄之又玄，这个"主义"，那个"视界"，弄得头晕目眩。现代我国文人余绍宋氏编《画法要领》，在凡例中曾说：

> 昔人论画，每不屑作明显之语，最喜高谈神妙……又多偏重文章，往往有极浅显之理，数语即可了澈者，因重词华，反成艰涩……

可见于此一点，中西正复相同。舍赞和雷诺阿一样，觉得印象主义的发展是有其限度的，到了一个阶段，便将停滞下来，故必须讲求改弦更张之道，否则便没有前途。舍赞到他的乡居潜心研究，以为画家作画固应贯注于光与色之发挥，如印象主义者，但同时亦应在物象及画面组织上下工夫。舍赞敬仰摩内，但难于接受摩内后期那些一片模糊的画面，因为是与自然脱了节的。

　　舍赞研究画理，曾致函一位画家，提到宇宙的物象可以归纳为"圆柱"（cylindre），"圆球"（sphère），和"圆锥"（cône）三种造型。他的意思是这三种造型在画面上可以不必用线条来勾勒其轮廓，而以各种形状的染色来表明，亦即是以色彩来造形。这是舍赞的一大创见，和我国之所谓"没骨法"有相互发明之处。所不同者是我国画家所着重者只有色的一方面，所谓"随类傅彩"，而舍赞则除色之外，兼顾到色与光的交互作用，将片片染色融会起来，造成一个好像中古时期的石块镶嵌画。舍赞曾将他家乡的一座山，反复图绘，这一系列作品统称"La Montagne Sainte Victoire"，是他不朽的杰作。我们细看其画面，是由无数染色的几何图案拼凑而成的，便立刻领会到已距离毕加索（Pablo Picasso）的立体主义（Cubism）不远了。

　　舍赞也长于作人像画，对象不是显宦或贵妇，而为社会里普通的人物。罗浮宫美术馆展出他所作的《咖啡壶旁的女子》（Femme à la cafetière），为他一幅名作，图示一位中年村妇，穿着一身蓝色衣服，站在桌旁，桌布为深杏黄色，上置咖啡壶及咖啡杯各一，均作纯白色。画中的主角是一位佣妇，无姿色可言，亦没有装扮，面部粗糙的皮肤充分表露她艰苦操作的辛劳。画面上的三种主要颜色，深度极浓，调配得美妙之至，浑然天成，看不出斧凿点缀的痕迹。又尝见所作的另一幅人像，以一位中年男性的钟表匠为题材〔Portrait d'Homme（L' Horloger）〕，全幅都是蓝色的，深度变化多端，其运用色调的技法，堪叹观止。由这些作品可见舍赞的目的是以色来表现物象，体即是色，色即是体。他似乎特别爱好蓝色，上述两幅画均以蓝色为主。此外又曾见他所作的一幅静物，名为《蓝色花瓶》（Le Vase bleu），顾名思义，可知又是以蓝色为主。他之喜用蓝色正和雷诺阿之喜用浅红色（肉色），恰成对比。

我国北宋时代的郭熙，在其所作的《林泉高致》一书中，将山水画分为"高远"，"深远"，"平远"三个类型。西洋画家早已解决了表现"远"的手法，画院派的画家都以此为其看家本领。舍赞埋首研究画理，有志反其道而行，要设法将远景拉到眼前来，废除了画的深度，形成一个平面的构图。例如他所作的静物，桌子上摆布着器皿、果实等等。他的技法是将桌面向前倾斜，使观者可以将所有的器物，一览无遗，好像是尽在眼前似的。这是舍赞独创的技法，自有一种拙劣的感觉。在美术领域里，巧易而拙难，正如我国讲究书法也以"古拙"为最难能可贵。舍赞一生研究画理，作了许多试验。据他的解释，他的目的在脱尽前人窠臼，打破画院的传统。舍赞终身幽居于乡间，没有招收生徒，因此而说不上有什么"舍赞画派"。但是从他以后，几乎没有一人不曾多多少少受到他画风的影响，正是承先启后的一位巨人。

高干的生平多彩多姿，一部分固由于他生性放浪不羁，一部分则因为好事者渲染他的故事，将他塑成一位传奇性的人物。

现代英国小说家麻姆（Somerset Maugham）写了一本小说，取名"The Moon and Sixpence"。这本小说听说我国早有译本，但不知书名为何，由原文直译是没有意义的。小说主角为一位法国人，放弃了他经商的优裕生活，从事于绘画美术。为了逃避现代文明的烦嚣，忽然抛弃一切，远走高飞，到了南太平洋的大溪地（Tahiti）群岛，和土著共渡原始生活，并以原始生活为题材，图绘了许多不朽杰作。麻姆没有指出小说的主角为谁，但一般人都认定是影射高干的。麻姆的小说，风行一时，因为他虽非大文学家，却为讲故事的一把能手。后来又续有人以高干的生平编成电影，小说家笔下的高干便和真的高干混淆不清了。高干的生平与小说所述的有很大的出入，正如《三国演义》中的关羽和曹操与历史上的关羽和曹操颇不相同。然而小说一经风行，考据家无论怎样辩驳，群众的印象是纠正不过来的，历史家最好趁早认输。何况文学家可以依照其想像力和组织力，将故事作巧妙的安排，深浅浓淡，自由渲染，悲欢离合，任意穿插。小说家本有其创作的自由，绝不是历史家，根据考证等等，所能任意将其剥夺的。

高干出生于一个中等家庭，父亲是法国人，母亲则来自一个侨居秘鲁的西班牙望族。高干三岁时，随同父母到秘鲁去，途中父亲死了，他随母在秘鲁居留了四年，据说生活颇为安乐。七岁时他随母返法国，入正常学校读书，但在尚未成年之时，忽然转业为海员，来往于欧洲及南美之间。廿三岁时，他加入了巴黎一家股票经纪公司，位置颇好，收入亦丰。在这个时候，他和一位丹麦小姐结婚，一连生了五个孩子。然而他的兴趣改变了。他忽然对于绘画美术发生强烈的爱好，终于他三十五岁时，决定放弃经商，以便"天天绘画"。他的妻子对此极不赞成，特别是他的画简直无人问津，家计难以自给。高干越来越穷，曾一度随妻子到丹麦去，依靠岳家生活，却又和纯朴的丹麦人相处不来。他在哥本哈根举行了一次个人展览，大受讥评，当局竟下令将其关闭，使他对于丹麦人切齿痛恨。在忧愤之余，他的行为益趋反常。有一次他的妻子在家举行茶会，他竟裸袒出现，正是《庄子》里所说解衣槃礴，"是真画者也"，可惜那些小资产阶级的丹麦人不能领略。他在丹麦混不下去，乃转返巴黎，终日作画，过着极端穷困的日子，后来又到法国南部和梵高同住些时。一八九一年，四十三岁时，他决定到南太平洋大溪地群岛，许多艺术界的朋友为他饯行。

大溪地群岛为法属殖民地，那里住着一群殖民官员，强悍骄横，不可一世。高干当然和这些人格格不入，遂在乡间住在一所茅屋里，和一位土著女子同居，生下两个小孩。他在大溪地住了六年，曾返欧洲，不久又回来了，移居位于大溪地西北的玛盔撒（Marquesas）群岛，贫病交加，一度自杀未遂，终于一九〇三年以心脏病死在希瓦·奥亚（Hiva Oa）蕞尔小岛上，得年五十有五。现在大溪地尽有他的遗迹，早已成为观光名胜。

　　研究高干的人每将其作品划成赴大溪地和到大溪地后两个阶段，以一八九一年为分期的年代。这种分法是因为自从高干到了大溪地后，所有的作品都是以南太平洋岛屿的人物风光为题材的，没有例外。但是画的题材是一件事，技法则另是一件事。有人指出，高干的画风其实远在他到大溪地以前，便已成了定型。他到了大溪地以后，只是采用当地的题材，画风和技法初未有变更。例如高干在一八八九年（去大溪地以前），作了一幅画名为《水边的布雷堂人》（Bretonnes au bord de l'eau），布雷堂是法国西北部的一个半岛，高干曾到那里住过一段时间。这幅画图示两个当地的小孩，穿着本地的衣服，赤脚站在水边。一八九六年，亦即是高干到大溪地五年之后，他又作了一幅画，名为《女人与芒果》（Te Arii Vahine），图示一位裸体的大溪地女子，斜倚在地面，她面前摆着三组芒果。这两幅画就题材看来，分别实在太大了，一幅是法国西北部的景色，一幅是南太平洋大溪地的景色。但是仔细看来，作画的技法并无多大差别，一望而知是出自一个人的手笔。远在高干到南太平洋以前，他即已受到日本浮世绘版画深厚的影响，较狄卡尤甚。他早已开始偏重于以遒劲的笔触作线条，以浓重的颜料傅彩，染成巨片色面，彻底废除一切表示立体感的手法，整幅都是平面，阴影全无，一反西方绘画的传统作风。他早年以这种技法来图绘布雷堂的小孩，后来他又用同样的技法来描写大溪地的妇女，所不同者只是北欧的风光阴暗，而大溪地的风光则分外鲜明而已。高干作品中受浮世绘版画影响最深的莫过于《海边》(Fatata te Miti)一幅，图示两位南岛女郎在海滩上戏水，浪花飞舞，而其所采的布局则是纯粹浮世绘版画的作风，画前是一鼓巨浪，两位女郎正在浪后向左方冲去，她们金黄的裸体部分受浪潮所掩盖，整个画面和日本葛饰北斋的《富岳三十六景》，如出一辙。

透过高干的画笔，南太平洋岛屿的风光景色迷醉了西方世界。这里是原始的天堂，居民天真纯洁，都是大自然的儿女，完全未曾受到礼教的缚束，放浪自由，正是人间绝无仅有的伊甸园。高干所介绍的是一种神话，和西方上古的神话那么不同，即此一点，高干就可以不朽了。

梵高原籍荷兰。他父亲是牧师，叔父为画商。因为这种家庭关系，梵高一度有志于继承父业，以传道为职业，曾苦修经典数年之久。同时他又和他的胞弟狄欧(Théo)同在他们叔父所经营的画廊工作，从荷兰到了伦敦，从伦敦到了巴黎，不断的习作，观赏各大美术馆所展出的名作，心摹手追。梵高的绘画，有其独特的作风，与他人迥不相同。然而他的艺术绝不是无师自通的，虽则因为他独具的天才，终于创造了自己的面目，几乎是前无古人，后无来者，在绘画史上占着崇高的地位。

梵高的一生可谓痛苦之极，最大原因是一再失恋，养成了孤僻的性格，真所谓一肚子不合时宜。他首次失恋是在伦敦，爱上了房东的姑娘，而遭拒绝。从此他的性情日趋乖戾，行为怪诞不经。其后他又爱上了一位表妹，再度被拒，他便接近于疯狂。他不时和妓女同居，却又受到家庭和社会的谴责。他曾一度住在法国南部阿尔（Arles）小镇上，在艳丽的阳光中从事于创作，许多杰作都是在此时完成的。梵高在阿尔和高干同住了一个时期。这两位性格怪癖的人自然相处不来，天天吵闹。有一次高干怀疑梵高要杀害他，果然梵高身上怀有锋锐的剃刀，高干将其夺去，才免于难。梵高后来用剃刀割下自己一只耳朵，送给和他相好的一位妓女。梵高患着严重的癫痫症，时常发作。终于在一八九〇年七月，举枪自杀，时年三十有七。

后人对于梵高的身世有相当的了解，因为他留下了一大批写给他胞弟狄欧的信札，尽情倾吐他的衷怀，谁能不为他不幸的遭遇而滴下几点泪水？然而他没有憎恨的心情，亦无逃避的意念。相反的，他要挥舞他的画笔将这个花花世界搬到画面来。他好像要对世人狂呼："看啊！这是多么美丽的世界啊！你们曷不同我来共同欣赏！"梵高的作品是五色缤纷，光彩照人的，有时很像烟火的爆发，也像万花筒里的图案。他没有阴晦的画面；他的目的在使他之所见充分暴露出来，使自然的光芒照耀人间，故被后人认为是第二十世纪表现主义（Expressionism）的先锋。他的技法是他独创的，善于运用粗线条，有时是用画笔描绘的，有时则以颜料由软筒中直接挤出到帆布上，不加修整，画面朴拙恢宏，用色矫捷奇宕，自然产生一种豪劲端凝的美感，是难以言语形容的。尝见他所作的《唐吉老人》（Le Père Tanguy）画像，可说是他的杰作之一。唐吉是一位画商，这幅画像作于一八八七年前后，图示一位土气颇重老年人，正襟危坐，面部及衣服都用重色线条画成，好像用笔着色都颇不经意，草草而成，而不知每一笔都下过多少锻炼的功夫。尤其值得注意的是老人背后的墙壁满布浮世绘版画，均经细心临摹下来，而所用的是梵高的笔法，而非日本人的笔法，看来亦颇可爱。梵高的风景画长于画树，例如《傍晚的散步》（La Promenade, Le Soir），图示一对男女，大约是法国的乡人，在橄榄树林中散步。梵高无疑的喜爱欧洲遍地皆是的橄榄树，枝干虬曲，他便用涡卷的笔触将其描绘下来。梵高曾说："橄榄树非常富有特征，我为捉住这个特征而煞费苦心……难，太难了！"但是在这幅画里，这个特征终于被他抓住了。这里不过是几组活泼的线条，而橄榄树的形态毕现，真是神来之笔。梵高也偶然图绘都市里的形形色色，但非其专长。总之，梵高是近代西方绘画的一位怪杰，一生忧郁苦闷，而其所作的画则处处表现其热烈的情绪，显然的他是以作画来抑制他的襟怀，可惜终于抑制不住，令人伤感。

印象派绘画的波澜壮阔，只有义大利文艺复兴时代的百花怒放，堪与媲美。同时也令人想起我国五代北宋时代山水画的灿烂光辉。这一派画家的成就使第十九世纪后期成为西洋美术史上一个伟大的时代，从兹以后，人类的审美观念进入了一个崭新的阶段，开始了一个空前的纪元。时至今日，印象派画风现已风靡世界，哪一个美术馆不费尽心思收藏几幅来坐镇群雄！马内早年受到谴责的两幅画——《草坪上的午餐》、《奥仑比亚》，早已获选进入罗浮宫美术馆展出，其他几位的作品亦同享此项殊荣。印象派画家也已成为家喻户晓的人物，复制品充斥于全世界每一角落。印象派画在国际美术市场上价格之高，实是惊人，一幅作品取价往往在百万美元以上。一九七一年十二月，雷诺阿所绘的《艺术之桥》（Le Pont des Arts），公开拍卖，由某一位美国收藏家以一百六十三万七千零八十五美元购去，打破了历来的记录。但是价格是有升无降的，这个记录恐怕不久便将被打破。这种身后之名该不是那几位穷愁潦倒的巴黎画家所梦想得到的。

德国印象记

我第一次到欧洲旅行（一九三三年），国际交通极端方便，只要旅客随身携带本国政府所颁发的护照，便可以到世界任何地方，事先并不需要请领入境或过境签证，中国人到日本，甚且连护照都不需要。到了欧洲各国边境，自然要过关，检查护照。但所谓检查只是登记入境者的姓名和国籍，知道有某某人来了就是，除非是受国际通缉的罪犯，准许入境是绝对没有问题的。

巴黎游罢，我决定到邻邦德国一行，看几个地方，稍增见识。从巴黎乘火车东行，首先到了曼斯（Mainz）。欧洲中部的风景区为来因（Rhein）河流域，曼斯这个小城就在来因河畔，依山傍水而筑，人口十多万，小巧玲珑，景物不殊。我抵达之时，已近黄昏，随意找到一家在市中心的旅馆安顿下来，即在旅馆的餐厅独进晚餐。我是搭乘德国邮轮从美国到欧洲来的，在横渡大西洋的几天航程中，我学会了几味德国菜肴的名称，在此照样点食好像还很内行。欧洲大陆的习惯必定以酒佐食，美国通行的冰水是没有的。堂倌为我配酒，饮的自然是来因河畔最著名的白葡萄酒，清冽可口。饭罢我问堂倌，夜间有什么去处。他说曼斯是小城，没有纸醉金迷的夜生活。我既系从巴黎来的，所有的当看不上眼。惟旅馆近旁有一处广场，有露天音乐会，可往消磨些时间。

　　我依照堂倌的指点，饭后到大街上信步而行，果然见到他所说的广场，树荫之下搭有一个简单的亭榭，其中有一个小乐队正在演奏流行歌曲，大都为中欧盛行的华尔兹音乐。亭榭的四周都有酒座，舞池中有些人在婆娑起舞。我到后即有堂倌带我到一处坐下，也不问我要什么便端了一瓶啤酒来。片刻之间，我忽然听到铃声，不知自何而来，堂倌趋前协助，原来酒桌之下装有电话，堂倌当即为我取下听筒，让我接听。原来这个电话是从较远处的一个酒座打来的，首先说明是第几号酒座，轻柔女子的声音问我愿否和她共舞。我抬头一望，看到她所说的酒桌号码，果然是一位金发碧眼的妙龄女子在拿着听筒讲话，见我向她望去，向我嫣然一笑。我当时有点惶恐，不知道这位女子是什么来历。但是我在西方住了几年，知道对女性必须尊敬，故只有答应她，立即趋前和她共舞。堂倌为我解说，这是当地的风尚，到这里听音乐的绝无下流人物，她打电话来只是同情我独自一人，故愿陪伴我跳舞，我可尽管前往，不必稍存戒心。堂倌的话当然可靠，于是鼓起勇气前往，到这位女子的酒座，她并不让我落座，立即站起来和我同进舞池，跳了几次华尔兹舞，音拍快速，不断旋转，使我有点头晕，故在舞中也没有和她多谈。我依照堂倌的指示，舞罢不宜在她的酒座坐下，应于送她回到酒座后，说声"谢谢"，即退回我的酒座来。堂倌又教我说，第一次舞罢，隔相当时间，我应当打电话给她，请她再和我共舞，否则便不够礼貌。我照计而行，隔了约廿分钟，便打电话约她共舞，她欣然应允，于是又共舞了几场。此后我们舞了约十次之多，但交谈的话甚少，她既未对我这个陌生的人问长问短，我对她的身世更不便多所查询。在她看来，到音乐场来的目的是消遣，消遣便须有伴，想来我的情形也是一样，故相约渡此良宵。我们共舞时，彼此依偎，俨如情侣，却彼此不通姓名。曲终人散，一声谢谢，各自东西，事如春梦了无痕，萍水相逢，最好是不要拉拉扯扯，这是欧洲人的人生哲学，入境问俗，别有一番滋味，可供追忆。

欧洲城市多多少少总有点历史。曼斯就有建于九百多年前的罗马纳斯克斯大教堂，曼斯大学也有近五百年历史。但是曼斯历史最光荣的一页是这里为发明活字版印刷者谷腾堡（Johann Gutenberg）的故乡。关于印刷术的发明，史家尚无定论。我在伦敦大英博物馆所看见的王玠《金刚经》无疑的是现存最古的印书，在此以前则无实物可证。印刷术如何传至欧洲，也是各有说法。有人以为中古时期，十字军东征，曾自近东带回来几幅印刷的纸牌，但是回教徒是严格禁止赌博的，纸牌之说，恐不足信。有人揣测中国印刷曾由"丝路"到了欧洲，也许马可·波罗（Marco Polo）带了些中国印刷品到欧洲来。这些都是凭空虚构的说法，全无佐证。但是到了第十四世纪，欧洲确有了印刷品，最初是纸牌和宗教画，因为当时典籍上已载有严禁纸牌销行的许多法令。第十五世纪时，印书已颇通行于德国地方，至少有三十种在流行着。到了此世纪的中叶，谷腾堡便发明了活字版。

关于谷腾堡的身世，所知不多。他大约出生于第十四世纪末年，为曼斯地方的机械工人。约当一四五四年间，他发明了活字版，印刷了《圣经》，于一四五五年出版。也有人说，在谷腾堡印刷《圣经》的前十年，即有哈林（Haarlem）人名柯士特（Laurens Coster）者以活字版印书，但谷腾堡无疑的是第一位成功者。谷腾堡所印的《圣经》只印了约二百部（一说三百部），共一千二百八十二叶，每叶分两栏，四十二行，庞大无比，并有手制的装饰，但远不若中世纪的手钞本美观。现存者尚有四十五部，分藏于世界各地的博物馆及图书馆中，罗马教廷图书馆即有一部，经常陈列，视同至宝。自从谷腾堡活字版发明之后，各处纷纷仿效，在五十年中，用活字版印刷的书籍已有四万种之多，总数超过二百万部，实为文化史上一大革命。我这次满怀兴奋的心情到了谷腾堡的故乡，四方打听有无他的遗迹可寻，迄未得要领，不免失望。事隔三十多年，我在澳大利亚见到一本中学教材上说，中国文字既非用字母拼音的，故无使用活字版印刷之必要与可能，令人啼笑皆非。

来因河流域的风景以自曼斯顺流而下而至科隆（Köln，英文称Cologne）一段，最为优美，我这次到德国旅行，决不放过这个机会。

曼斯每天清晨都有游艇驶往科隆。这种游艇甲板是露天的，顶上支着帆布蓬，故在艇上可以见到四方的景物。来因河这一段，两岸皆山，东面为陶纳斯（Taunus）山，西面为衡士路克（Hunsrück）和艾非尔（Eifel），河流从两山之间，蜿蜒穿过。这里不像四川三峡那样惊险，两岸的山俊秀而不雄奇，但数千年来均为兵家必争之地，山头山腰都有堡垒，为中古时代所筑，据险守望，矢堞排比，气势森严，增加了两岸的景色。沿岸点缀着许多小村落，中等农家，以种植葡萄者最多，正是来因佳酿的来源。游艇沿江而下，江水碧绿，浪花飞舞，坐在甲板上一面看风景，一面饮萄葡美酒，佐以乳酪及香肠，悠然神往。据说每逢春秋佳节，乡人便穿着古代装束，载歌载舞，可惜此行未曾遇到为憾。

科隆都市远较曼斯为大，因为位于冲要地带，历尽沧桑。科隆最著名的是位于市区中央的大教堂，为北欧中古时期哥德式大教堂一项杰作。大教堂系于一二四八年开始建筑，故已有七百年历史，但是两座高插云霄的尖塔则是第十九世纪后期所增建的，有点画蛇添足。这里还有若干其他中古时期和文艺复兴时期的机构，如开办于一三八八年的科隆大学，建造于一四五〇年的市议会（Gürzenich）等等，均为此地的名胜。

我游德国最主要的目的地是首都柏林，当时是欧洲第二大都市，由科隆可乘火车直达。柏林对我是陌生的，异乡作客，幸早有人为我介绍，到柏林可即住入彼得士公寓（Pension Peters），在那里必可遇到中国人，当可有个照应。我的朋友为我写下这家公寓的地址，是位于康德大道（Kantstrasse），萨维尼方场（Savignyplatz）。使我一见不忘。康德大道自然是以德国第十八世纪哲学家康德命名的，至于萨维尼方场则是以第十九世纪德国法学家萨维尼（Friedrich Karlvon Savigny）命名的。康德的盛名，尽人皆知，用不着介绍。萨维尼系以研究罗马法著称于世，其所著《中古时期罗马法史》（Geschichte des römischen Rechts im Mittelalter），洋洋巨帙七大本，是法学的一部经典。萨维尼任教于柏林大学，嗣为该校校长。我记牢了这个住址，车抵柏林，即往彼得士公寓投宿，果然蒙其接纳。公寓的主事者即为彼得士夫人，和她的女公子，七手八脚的便将我安顿下来。当时尚为暑期，在公寓寄宿的人大都还在别处旅行未归，地方甚为清静。住在里面的只有一位中国人，由彼得士小姐为我介绍，相见互道姓名，原来是欧阳予倩先生。我早已听过欧阳先生的大名，所谓"南欧北梅"，"北梅"是梅兰芳，"南欧"就是欧阳予倩。我在北京读书时，爱听平剧，留心关于菊坛的消息，听说"南欧北梅"尝被状元张季直（謇）邀请到南通演出。梅兰芳的戏我听得多了，欧阳予倩的戏则尚无此耳福。何期这次在欧洲旅行，竟在柏林相值，而且同在一个公寓里寄宿？我们相处只有几天时间，我发现他为人温文儒雅，对戏剧之学，兴趣既浓，学养尤深，和我国一般名角实不可同日而语。欧阳先生是来德国考察的，每天排有日程，但是我们曾多次结伴出游，到柏林全市菁华所在的克非斯敦旦（Kurfürstendamm）大道上漫步，走疲了在路旁咖啡座稍事休息。我们也曾沿着繁华的林敦（Unter der Linden）大道游览，一直走到市中心的布兰登堡（Brandenburg）大门。在一个燠热的下午，我们同游柏林著名世界的动物园，忽然遇到豪雨，躲在养猴子的亭榭中一小时之久，得有机会充分领略猴子的性生活。欧阳先生谈话，逸趣横生。我一到彼得士公寓，他便严重警告我千万不可在彼得士小姐身上打主意，因为追求她的人已经很多。德国人恋爱特别认真，往往用利剑决斗，德国青年以脸上有剑伤疤痕为光荣，这些事我们中国人最好以少惹为妙。有一次我们在布兰登堡大门附近徘徊，有一位德国人指着大门上的铁马告诉我们说，柏林市民相信，如果有成年的处女在大门经过，铁马便会下来追纵。大门已建造多时了，铁马还在上面。这是德国人的幽默，增加了我们的游兴。

波茨坦（Potsdam）宫在柏林近郊，我曾参加旅行团前往一游。这一片宏伟的宫殿为普鲁士腓特烈第二世（Friedrich Ⅱ）大帝所建，主要部分坚实有余而精巧不足。腓特烈大帝笃爱法国文化，福耳特耳（Voltaire）且曾为他的上宾。他在波茨坦宫之旁另建较小的宫殿一处，取名Sans Souci，即法文所谓"无愁宫"的意思。柏林本为普鲁士的首都，但历代帝王都喜欢在"无愁宫"驻跸，导游者带着一群观光客穿过一组又一组的厅堂，到了一间中型的餐厅，墙壁是用紫红色的绫缎裱褙的，有一处好像沾染了油污，颜色乌黑。导游者解释道，某年中国大政治家李鸿章到德国访问，国宴设于此厅，主菜是鸡腿。李文忠公拿起鸡腿便啃，肉吃尽时即将骨头向后一甩，落到墙上，故将绫缎染上油污，现尚可见其痕迹。导游者娓娓讲来，观光客便鱼贯走前弯身细看，我没有听见什么评论，大约知道李鸿章是何许人者只有我一个人，李鸿章鸡腿之印竟成了波茨坦宫的一个胜景，天晓得！

我到德国游历的那一年——一九三三年，德国政治发生了空前的巨变。是年正月二十八日，德国总统兴登堡（Paul von Hindenburg）任命希特拉（Adolf Hitler）为总理（Reichkanzler），由希特拉所领导的"国家社会主义德国工人党"（National-Sozialistische Deutsche Arbeiterpartei）组织政府。这个政党的正式名称太长了，人们简称之为Nazi，我国则音译之为"纳粹"。我到柏林时，希特拉上台已将近半年了。

德国历史可以说是吃尽了分裂的痛苦。从中古时期以来，日尔曼民族受尽了分崩离析的蹂躏，"三十年战争"使德国的统一迁延到第十九世纪的后半方开始完成。近代德国统一是由普鲁士促成的，居首功者当为有"铁血宰相"之称的俾士麦。他所缔造的是"一只雄狮，几头狐狸，一群老鼠"的结合。日尔曼天生爱好秩序，第一次世界大战前的德国最有纪律，到了可笑的程度。军队的纪律浸入了整个社会。社会严格的分为几个阶层，社会风尚拘谨而严肃，政府机构绝对清廉，推行政令一切依照法定手续与程序，铁面无私。公务员的待遇虽低，却普遍受到社会的尊重，所以他们洁身自好，绝不苟且徇私。德国人是十分骄傲的，自认为最优秀的民族，理应统治世界，至少是统治欧洲。

德国在第一次世界大战中惨败是理所当然的，人类分为许多民族，在地球上各据一方，不能容许一个民族统治所有其他民族，无论这个民族如何优秀。德国战败之后，被迫签订了丧权辱国的凡尔赛和平条约。当时世界各国受美国总统威尔逊的感召，以为民主制度是尽善尽美的，倘若各国都实行民主制度，世界便可从此免于战祸，和平可以永保。第一次世界大战之后，各国竞相制订民主宪法，凡是政治学家所能想到的法宝无一不纳入宪法之中，使人民有充分发表意见的机会，随时有监督政府，保障自由的功能。战后德国各方面政治势力，集会于威马（Weimar）地方，制订了一部宪法，通称《威马宪法》，德国于是成为一个民主共和国，当时以为可以千秋万世，永垂久远。我这次从科隆到柏林，经过威马，只能匆匆穿过，实极为可惜。我之想游威马，倒不是因为威马为制宪的所在地。我到德国时,《威马宪法》已经被希特拉推翻了, 对之亦无所留恋。威马值得一游是因为这个小城是德国大诗人歌德 (Johann Wolfgang von Goethe) 埋头写作的地方, 哪一位中学生未曾读过他所写的那一本《少年维特之烦恼》(Du heiden des Jungen Werther), 而为之感伤落泪? 歌德任职于威马宫廷, 吸引了其他的文人到威马来, 包括发起狂飙运动的诗人赫德 (Johann Gottfried von Herder), 和诗人、戏剧家席勒尔 (Johann Christoph Friederich von Schiller), 而使威马成为中欧文艺的中心。歌德和席勒尔的剧本大部分是在威马首次上演的。匈牙利籍的音乐家力司特 (Franz Liszt), 九岁便登台演奏, 曾将歌德费了六十年写成的剧本《浮士德》(Faust) 谱成交响乐章, 也曾一度在威马宫廷担任指挥。自从歌德于一八三二年逝世后, 威马盛况已大不如往昔。但是第十九世纪末期的哲学家尼采 (Friedrich Wilhelm Nietzsche) 的晚年是在威马渡过的, 他的遗物也在那里保存。战后德国的各党派选择了威马为制宪的地方, 安排德国的复兴, 是具有深意的。所惜者是威马宪法不但未曾使德国复兴, 反而带来了一片的纷乱, 终于导致了纳粹的疯狂, 为全德国、全人类带来了空前的巨劫。

我在哥伦比亚大学读书时, 宪法教授曾指导我仔细研究威马宪法, 认为是民主宪法的极则。当时有几位中国同学, 课余之暇在宿舍或餐馆里聊天, 大家想到辛亥革命以来, 国家陷入军阀割据的惨局。民国十七年，北伐成功，《建国大纲》上所定的军政时期，已经结束，训政时期开始已有数年。训政只是一个过渡时期，终极的目的是宪政之治。我们数人幸运的有机会在海外学府研究政法，将来学成归国，对于宪政大业当有贡献的机会。同学王季高君对此最为热心，发起我们速即将战后欧洲各国的新宪法，全部译成中文，首先要翻译的就是德国的威马宪法。不久我们听说，国民政府立法院编译处已经从事这项工作，不必由我们这群学业尚未完成的青年操刀，大家都很佩服政府的先见。

但是在我们研究威马宪法之时，威马制度已经证明有重大的缺点，已使德国陷入几乎不可救药的境地。威马制度之崩溃，原因固不止一端，然而专就宪政制度而言，威马制度亦有其不能适应战后环境的地方。威马制度是绝对保障民主自由的，民意的任何表示均应在国会里有所反映。达成这个目的的一个办法是比例选举制度，而其实行的结果则使德国一度有五十九个政党之多，没有一个政党能占多数，只有合纵连横，勉强组成联合内阁，各政党间，同床异梦，政府终日在闹党争，政务反而无人理会，形成了无政府的状态。在战败之后，德国有共党的暴乱，称之为Spartacus运动，幸因其党徒领导不得力而未夺得政权。在威马制度下，共产党当然是能够从事活动的，政府无权禁止共产党游行，而只能派两名警察陪伴着一位共产党，名之曰保护共产党的自由，成何体统。远在一九二三年之时，希特拉即曾在明兴（München，又称Munich，我国音译为慕尼黑）一家啤酒店里发动暴乱，也有若干有力人士予以支持。当时希特拉即有"突击队"（Sturmabteilung，简称SA）之组织，"突击队"中的核心干部称为Schutzstaffel，简称SS。他们穿着军式制服，衬衣是褐色的，直举右臂敬礼，胳膊上挂着卍字标志。（请注意纳粹的标志和我国的"万"字方向相反，我国的是向左转的，如卍，纳粹是向右转的，如卐。曾有无识的西洋人到中国，见到我国红卍字会的标志，大作文章，说我国也有纳粹党，对国民政府攻击。）一九二三年纳粹暴动失败，希特拉身系囹圄，在狱中撰作《我的奋斗》（Mein Kampf）一书，后来成为纳粹的经典。希特拉出狱后，他的"突击队"四处出动，横冲直闯，和共产党徒打斗，暗杀之风，披靡全国，政府对之简直束手无策。到了一九三三年，威马宪法下的德国政府，就好像一座基石已经腐蚀了的石像，轻轻一推便整个倒塌下来。犹忆我在俄亥俄州立大学选修枯克（Francis Cooker）教授主讲的"现代政治思想"一科，讲到威马制度之衰落，这位笃爱民主自由的老教授曾说过"在乱世中自由主义是永远不会成功的"，真是概乎言之，而且不幸而言中，威马制度终于全部崩溃了。

我这次初到柏林，正值纳粹粉墨登场之初期，号称"第三国家"（Das dritte Reich）。我在德国逗留时间虽然很短，所见所闻确也令人怵目惊心。柏林街头时常可以见到纳粹突击队员，三五成群，列成一字长蛇阵在马路中央前进，昂首阔步，旁若无人，而车辆行人均须让开，其骄矜之势，咄咄迫人。纳粹党是反犹太的，公开声言要将德国境内的犹太人，斩净杀绝，故迫使许多犹太人纷纷逃亡，如科学家爱因斯坦（Albert Einstein），文学家托马斯·曼（Thomas Mann）之流亡美国，我国也分到了一大批。我在柏林曾亲眼见到纳粹迫害犹太人的一幕活剧，令人永世不忘，后来在梦中亦曾重见其情景。这是较窄的一条街道，两旁都是单间门面的店铺。那一天我在此经过，见到三名纳粹突击队员在路上彳亍而行。他们忽然捡起几块碎石向一家杂货铺的玻璃窗上掷去，砉然一声，门窗粉碎。旋后即有一位满面于思的犹太人，大约就是这家杂货铺的店东，狂奔到附近的巷子里。突击队员见他抱头鼠窜而逃，于是开空枪恫吓他，不知怎的，他逃到屋顶上去了，突击队员又向他开枪射击，目的似不在命中，而在将他吓得魂不附体，鬼哭神嚎。这幕活剧演了约二十分钟，犹太人不知逃到哪里去了，突击队员也好像已经尽兴，分别散开了。

纳粹终于彻底的解决了德国的犹太人，逃亡的逃亡，不幸而不能逃亡的则禁锢在集中营里，集体屠杀。威马城附近的Buchenwald，明兴附近的Dachau，即为其最著者。纳粹当政十二年，被害的犹太人达六百万之众。

希特拉虽然拥有私人部队，他夺取政权的手段却是依照威马宪法程序的。希特拉本人依照法定程序竞选总统，结果败于兴登堡元帅。纳粹党依照法定程序竞选国会（Reichstag）议席，逐渐加增。在纳粹党取得国会议席多数时，总统兴登堡元帅依法任命他为总理，希特拉的天下不是马上得来的，而是依法产生的，所以他敢于夸耀说他的政府是民主的政府。无论我们如何憎恶纳粹，这一点不容否认。

我到了德国之后，很容易体会到，至少在希特拉政权的初期，德国人民是热诚拥戴他的，而其理由也不难看得出来。德国人民在威马制度下挣扎了十多年，在法律之前可说是享尽了自由的保障，而自由受到过度的保障便流为放纵，社会秩序，荡然无存，实已到了绝望之境。希特拉的纳粹党，迎合人们嗷嗷望治之心，提出"我们要有秩序"（Ordnung muss sein），自然扣中万众的心弦，几乎可说是不惜任何代价来换取秩序。适当这个紧要关头，美国经济恐慌的影响波及欧洲大陆，失业人数骤增。德国人民深知威马制度下的任何政府都无能力应付这个危难的局面，群相支持纳粹运动，认为是值得一试的。德国战败之余，丧权失地，且受到不平等条约（凡尔赛和平条约）的约束，又须担负巨额赔款，早已想突出樊笼，恢复民族自主。希特拉抓住人民这种心理，高呼"一个民族，一个国家，一个领袖"（Ein Volk, ein Reich, ein Führer）口号，六千万德国人民，谁不同声欢呼？

纳粹政权是暴虐的，残酷的。希特拉早已在其所著《我的奋斗》一书中描绘了一个蓝图，立论之狂妄，言辞之激越，几乎难以置信。但是一般民主人士以为希特拉不会就照计而行，在取得政权后自会受到环境的限制，走上比较温和之路上去。这是民主人士最大的错误，因为纳粹政权上台之后所实行的是极权主义，亦即是政府控制到人民生活的每一个方面，不但使人民无丝毫自由可言，而且全无私人的生活。纳粹政权为了保持社会秩序，不惜用秘密警察干涉到社会每一个部门。纳粹政权组织青年成为"希特拉青年团"（Hitler Jugend），鼓励每一个家庭的子女监督其父母，见到父母的行为不对，即向"国家"告密，不惜置父母于死地。纳粹政权采用最苛毒的手段，排除异己，清算斗争，焚书坑儒，无所不用其极。我在柏林逗留不过几个星期，而且系当纳粹初期，但已能看出这样的暴政，纵然得势一时，终必会败亡的。

西南欧洲印象记

　　我在柏林时即在向各方打听从北欧回国的航程，结果决定搭乘德国"北德莱德公司"的屈尔（Trier）号货船，由北德港口汉堡（Hamburg）直驶上海。我的选择有两大原因：第一，货船票价便宜，适合我的预算；第二、货船沿途停泊许多港口，使我可多看几个地方，时间长些，没有关系。舱位既定，我乃离开柏林，乘火车到汉堡登船，启碇返国。

　　屈尔号是一艘中等货船，航行于欧亚之间，吨位多少已不复记忆了。此船以运货为主，只顺便搭乘约四十位客人。其固定的航程系由汉堡至横滨，然后回航，中途停泊什么地方是不固定的，有货装卸便停，停留多久亦胥视装卸的货物多少而定，故航程时间，无从预计，从汉堡到上海大约为五十天时间。我登船后发现，有的客人是到远东的，有的则在中途下船，沿途也有客人上来，航程长短不一。舱位是每人一间仅可容膝的房间，当然说不上豪华，最大部分时间当在甲板上及休息室中度过，日间无谁留在舱里，故舒适与否，没有关系，能于夜间安息就是了。德国船吃的是德国菜，大鱼大肉，数量总是很丰富的，还有饮不尽的啤酒，最适宜于暑热中解渴，是一大优点。

汉堡是德国北部最大的港口，位近易北（Elbe）河入北海处，工商业繁盛，虽为古城，但鲜遗迹可寻，比较可看的是文艺复兴时代所建的一座议会大厦（Rathaus），此外则有几处古老而并不美观的房屋而已。开船之日，码头上冷清清的，没有大邮船启碇时的花花絮絮，一声汽笛，便解缆离开码头了。屈尔号沿着易北河西北行，不久便进入北海，折向西行而沿着英吉利海峡驶去。这次航行，屈尔号第一个着陆的是鹿特丹（Rotterdam），为荷兰第一大港，当时且有欧陆第一大港之誉，北欧货物多由此吞吐。在这里我首次亲眼见到荷兰式十字形的抽水风车，也看到荷兰人穿着由整块白木雕出的尖嘴鞋子，也许就是中国古人所谓屐。鹿特丹虽为一大都市，人民则朴实无华，且生性保守，带有浓重乡土风味。屈尔号到鹿特丹装载大批荷兰盛产的乳酪，到过此地之后，全船都有乳酪的气味，西洋人觉得清香扑鼻，东方人则认为其味腥臊，令人发闷。好在乳酪装在货舱里，船开行后气味便被海风吹散了。

鹿特丹号称欧陆第一大港口，与其抗衡的是比利时的安特卫普（Antwerpen，英文称Antwerp）。屈尔号到此停留两天，全船旅客均登岸畅游。我们到了市内的大市场（Groote

Market），参观周围在中古时代所建筑的同业工会会所，栉次
鳞比，古色古香，为此地一大胜景。我们又去参观建于第十四
世纪的圣母大教堂，尖塔高耸云霄，虽不如科隆的高，却也颇
为壮伟。这座大教堂为哥德式建筑杰作之一，果然气象不凡。
安特卫普是第十七世纪大画师鲁本兹（Peter Paul Rubens）的
故乡。这位艺术家为法兰德斯（Flanders）人，曾在义大利习画
八载，归国任宫廷画师，声誉极隆，门下助手数百人，协助他
不断的制作巨幅绘画，因此也发了大财，在安特卫普建造了豪
华的寓邸。我游巴黎罗浮宫美术馆曾见过鲁本兹所作的法国
皇后玛丽（Marie de'Médici）的绘像，一共有二十四幅之多，
每幅都是洋洋巨制，动态逼真，色光照人，实在惊叹他造诣之
高超。但是历史读多了有时大煞风景，因为历史上的玛丽皇后
不但容貌平庸，而且性情乖戾，绝不是一位可爱的人物。然而
她贵为皇后，又出生于义大利的豪门望族，在大画师的笔下她
竟如天仙化人一般，使人对于鲁本兹的品格总有点不敢恭维。
其实这位画师终身附庸权贵，是宫廷画师的典型。中国人批评
艺术，除了注意其技能外，兼顾及作者的品格，即明代文征明
所谓"人品不高，用笔无法"，我有此概念，看鲁本兹的作品便
难于尽情欣赏了。鲁本兹的寓邸是安特卫普的名胜之一，我去
时内部正在修整，只见其外型。以绘画而成巨富，在画史上也
算是一个例外，以视法国印象派画家之一般穷愁潦倒，自又另
成一个格调。

同船数日，旅客间彼此渐渐相识，到了港口，时常结伴同游。船上有四十多位客人，集体行动，诸多不便。不如三五成群，意气相投，行动自由些，也愉快些。我参加的一组共有六人。年事最长的是一位南美乌拉圭籍的建筑工程师，早已在上海执业，此次是在欧洲度假后返回上海。他能操许多种语言，有旅行经验，性格开朗爽直，很自然的成为我们的领队。一位是德国青年，甫自柏林大学毕业，专攻德国文学，应聘为日本某大学的德文教师，前往东京就任。一位是荷兰人和印尼人混血的青年，数年前赴荷兰留学，学成赴爪哇就业。这位青年身材魁梧，体格健美，专好追逐女性，屡屡成功而暂时脱离我们的队伍。本来我们这一组人是不欢迎女性旅客参加的，为的是行动比较方便。但船上有两位女性旅客坚持参加，实无法拒绝。一位是英国籍的女子，最近和一位警察结婚，她的夫婿被派到上海公共租界工作，先到中国去了，她此行系到中国和夫婿团聚。这位女子容貌端庄，举止大方，确是一位理想的旅伴，尤其是在海洋上，时常一同谈笑游戏，可解旅途上的寂寥。我们向她打趣说，我们在船未到上海时可以和她一起，到上海后她是警官的太太，最好不再惹她。另一位女性是白俄女子，身遭流放之祸，家人四散，痛恨苏维埃政权。她的身世引起我们无限的同情，此行系到上海试寻栖身之所，在旅途上尽情享乐，为我们海上生活增加了许多情趣。我们这六个人，除乌拉圭籍的那位工程师外，年纪都在二十五岁上下，精力充沛，随处漫游，过的是很快活的日子。晏殊的名句"年少，年少，行乐直须及早"，正是我们六个人此时的心情最切当的写照。

我们到安特卫普的第一夜，决定到市上饱餐一顿，换换口味，饭后也许到一处夜总会去玩乐一番。我们决定找一家价廉物美的法国餐馆，沿街询问，找到一处，并且饭后有音乐，可以跳舞，便省得再去夜总会了。谁知到了夜十一时，餐馆便打烊了，我们实未尽兴，但只得离开。我们在大街上游荡，发现这个号称欧陆第二大港口的都市，到了十一时，即夜阑人静，完全无夜生活可言，问来问去，完全不得要领，正踟蹰间，人行道上忽然来了一位亚洲人，大家推我向他询问，问答之间，发现他是中国浙江省青田人，在安特卫普经商，见到同胞，好不高兴，坚邀我到他家里坐坐。我说我们是六个人结伴同行，实不宜抛开他们独自前往。他听了之后，闭目凝思片刻，决定邀我们六人同去，盛情难却，便答应了。他的家距离不远，步行可到。他的职业好像是小贩，也许就是以卖青田石为生的。他的寓所确不讲究，但尚舒适。到达之后才知他的太太是比利时人，语言问题就解决了，大家有说有笑，充满着人情温暖的气氛。从女主人的口中，我们获知她的先生于第一次世界大战应召到欧，充任华工，战后作小本经营，生活艰苦，后来事业渐入佳境，乃和她结婚，她现在已是三个孩子的母亲了。大家谈得起劲，没有注意男主人早已离开了，约半小时后，帘幕一启，饭厅圆桌上放着一大锅热气腾腾的鸡丝火腿汤面，召我们入座，至此我才恍然大悟，男主人的街头沉思原来是在计算家中有什么食物可以招待我们这群不速之客。我们围桌大嚼，在我是享尽了家乡风味和同胞的温情，在同行者则是品尝到东方的异味，有四人还是生平首次，大家赞不绝口。我们在此留到清晨一时才于殷殷道谢之声中回船休息。第二天上午，我们共同送给这位邂逅的中国朋友一盆鲜花，由我写几个中国字感谢他夫妇昨晚的盛情款待。我们六个人在旅途中尽有离奇的遭遇，"安特卫普中国之夜"则是最意想不到，同时也是最难忘的。事隔数十年，那一碗鸡丝火腿汤面的余香似乎还留在我的齿颊之间。

离开了安特卫普，屈尔号进了英吉利海峡，清晨在烟霭迷蒙中望见了多维的"白岩"（The White Cliffs of Dover），再过些时便抵达了南安普吞（Southampton）。这些地方我都曾经过，故未再登岸，只在船上休息。

从安特卫普，经过英吉利海峡，我们进入一段辽远的航程。这时屈尔号已装满了货物，大部是运到南欧和中东的。船上旅客都希望能在葡萄牙首都里斯本（Lisbon）稍停，以便登岸观光，未蒙船长允准，就是直布罗陀海峡也是匆匆穿过而进入地中海，折向南方，终于在西班牙的巴塞罗纳（Barcelona）停泊下来。这一路上足足一个星期，大西洋和地中海都风平浪静，使我们享尽了海上旅行的乐趣。无论是清晨或傍晚，午间或深夜，海的情态，多彩多姿，使人永远不会感到寂寞，不会觉得单调。

巴塞罗纳是一个比较现代的港口，在此我首次见到所谓查理贵瑞斯克（Churrigueresgue）式建筑，奇形异状，令人不敢相信目之所触。这一派建筑形式发源于第十八世纪西班牙一位建筑师及其生徒，始作俑者名查理贵拉（José de Churriguera），其继承者名高地（Antonio Gaudi）。他们的作风在打破一切传统，墙壁梁柱好像是用湿软泥土用手捏塑而成的，波磔抑扬，意态怪诞，几乎没有一条直线，也没有正方正圆。最奇特的是建筑上满布各种装饰，不是雕刻人像或图案，而是日常接触及使用的物品。我们去参观巴塞罗纳的圣家赎罪大教堂（Templo Expiatorio de la Sagrada Familia），为查理贵瑞斯克派建筑的代表作。这座大教堂是高地设计的，于一八八二年开始修造，但没有全部完成，大约也永远不会完成。教堂是一座很大的建筑，共有四个尖形高塔，两个高者一百公尺，两个较低者五十五公尺，远远望去好像是四个剥了皮的玉蜀黍穗轴。建筑师高地多才多艺，曾为陶瓷家、雕刻家、绘画家、铁匠、家具设计家。他认为教堂的装饰应与"人民生活接近"，故为教堂装饰了许多家常日用品，包括各种果实、蔬菜、火鸡、水鸭、水鹅、兔子、蜗牛、海藻、海胆、锯子、丁字形尺、小船、铁锚等等，此外还有什么，因尚未完工，便不得而知了。我们又去参观了一座大厦，是高地于一九〇五年设计建筑的，通称Casa Milia。这是一座高达六层的公寓大厦，横的线条极不规则，好像是水的波纹。最奇特是其装饰，屋顶上有几个巨型的瓶罐，使其像厨房里的桌子，此外则为家常日用品，如花彩、果实、帐幔、钱币等等，不一而足。这两座建筑的外表看来，有如蛋糕，又有如儿童的玩具。当地人对这两座建筑，评价不同，有人视之为艺术创作，有人则引以为民族之耻。不论如何，这一派建筑，在高地于一九二六年死后，已趋衰微了。

西班牙民族是富有艺术天才的，画家未拉斯刻司（Velás-quez）、哥雅（Goya），固为不朽的人物，降至现代，超现实主义绘画的大师达利（Salvador Dali），和高地的作风就有点相像，而当代最突出的现代绘画家毕加索（Pablo Picasso），都是西班牙人。他们的创作，自抒胸臆，各树新标，穷变法理，独具格律，以创异为号召，引起人们强烈的反应。他们的作品确是前无古人，而且很少人追踪他们的足迹，故亦可说是后无来者。他们在艺坛上独来独往，一度红极一时。毕加索的作品被选入罗浮宫美术馆，为在世时享此荣誉的第一人。他们的作品当然传世，但是否具有永久的艺术价值则尚不无疑问。

义大利是世界古迹最多的国家，全国就像一座历史博物馆。这次屈尔号到义大利，停泊的是北部的热那亚（Genova，英文称Genoa），不免使旅客失望，因为据我们所知，热那亚现有的古迹，除了发现美洲的哥伦布的故居之外，只限于第十七及第十八世纪时代所兴建的若干宫殿和大厦（palazzo），不但不是上古罗马帝国的遗物，较之义大利文艺复兴全盛时代还晚了一两百年。屈尔号选择热那亚停泊自然是因为这里有货装卸，热那亚究竟是义大利最大的港口，而屈尔号则是货船而非观光船，因此我们也不敢责备船长，只有自叹眼福太浅而已。屈尔号停泊码头之后，我们一组六人照例上岸观光，市街上熙来攘往，没有什么可看的，六人中亦无一人能操义大利语，问路都有困难。忽然我们的德国朋友提议，曷不到热那亚博物馆一游，也许可以看到些义大利著名的艺术品，不虚此行，我们同声称善。因为西班牙文最接近义大利文，于是公推我们乌拉圭籍的领队问路。我们在巴塞罗纳时既已靠他作向导，这次只好再偏劳他。不料他问来问去，总是不得要领，终于问到一处名为斯皮诺拉宫（Palazzo Spinola）者，好像是国家画廊，于是我们打道前往。我们去到，买了一本说明书，才知这里陈列的并不是义大利最佳的作品，而较好的作品则分散在其他宫殿或大厦之中。我们再追问下去，又发现热那亚所收藏的最佳作品，不是义大利人的作品，而是比利时法兰德斯画家画的，其中最负盛名的正是安特卫普那位宫廷画家鲁本兹，真是大失所望。

我们到义大利时，法西斯独裁者墨索里尼（Benito Mussolini）已经夺得政权十一年了。第一次世界大战后，义大利忝居战胜国之一，与英、法、美并列为四强，出席凡尔赛和会。但是《伦敦密约》中协商国应允给义大利的种种好处大都未能履行，而国家民穷财尽，财政上的赤字年复一年的加增，货币贬值三分之一，生活指数六七倍于战前。同时，社会主义者应运而生，将三分之一的市集（Commune）用暴力攘夺。以"直接行动"促成罢工的狂潮。社会主义者将六百多个工厂霸占，由工人自行管理。当时义大利总理季奥利蒂（Giovanni Giolitti）躲在深山里不敢出来，他在《回忆录》中解释道：

> 这次变乱最初发作之时，我便认清只有任令工人自己去体会他们的错误，才能挽救这个危机……我坚决相信政府的策略应该是让这个运动自己发展到相当程度，然后才能使得工人相信他们的目的是不能达到的，以期他们的领导者不要埋怨别人破坏了他们的运动。

季奥利蒂总理完全错误了。他不知道义大利人民，虽曾经千余年的变乱，却不容许他们甫经统一的国家，于战争之余，陷入无政府状态之中。季奥利蒂更大的错误是假定作乱的社会主义者会自己反省，到相当时候会罢手收兵。政府有权力可以敉平动乱，如果不使用这种权力，自会有别的集团代其行使。在义大利，这个集团就是墨索里尼所领导的法西斯。

墨索里尼是极权国家观念的创始者。她曾为《义大利百科全书》（Enciclopedia Italiana）写过一篇文章，说道：

法西斯主义要使得国家成为一个强有力的有机体，同时以广泛的民众拥护为基础。法西斯国家要连经济活动包括在内，凭借着社会的教育职团，将国家的威权传布到民族生命里每一个部门，包含民族政治的、经济的、精神的各种势力。

他向义大利人民狂呼："一切都包括在国家之内，没有东西在国家之外，没有东西与国家对立"（Tutto per lo Stato, niente fuori dello Stato, ne Contro lo Stato）！在厌乱望治的义大利人耳中，这个口号是响亮的。法西斯的党徒，身穿黑色衬衣，臂悬象征团结的法西斯标志，四处乱闯，抓住社会党和共产党便惩而治之，倒灌泻药，剃光了头而将国旗漆在头上，义大利人民同声喝彩。一九二二年十月廿八日，时机成熟，墨索里尼于是"进攻罗马"而将政权夺来，等于摧枯拉朽，不费吹毛之力。我在新闻影片上看过墨索里尼在罗马中心维尼斯广场（Piazza Venezia）演说煽动群众的镜头。他的身材矮短而粗壮，穿着军装，配以长筒马靴，演说时手舞足蹈，声音宏亮有力，下巴故意突出，以显英武，双目圆瞪，炯炯有光，显然在刻意模仿拿破仑，看来有点滑稽。我在热那亚只有短短两天，语言隔阂，不敢评论他的治绩，所知者只是义大利的自由主义者厌恶他，社会党人和共产党人痛恨他，而一般人民对他则不无好感。无论如何，他为义大利带来了安宁与秩序，使百业都渐有起色，就是最反对他的人也都得承认，自墨索里尼主政后，连义大利的火车都按时开行了。

到了义大利这个古国而仅游热那亚一个没有什么名胜古迹的都市，实在有点失望。我们联合全船的旅客，公推三位代表，郑重向船长央求，至少再停泊义大利另外一处。罗马是我们所向往的，但不是港口，不敢作此奢想。南部的那波利（Napoli，英文称Naples）是义大利第二港口，希望能停一日，让我们可以看看这个以浪漫著称的都市，欣赏南国妖姬的风姿，如果时间允许，更可以一游于公元七九年因火山爆发而全部被火灰淹埋的潘沛衣（Pompei，英文称Pompeii）。我们三位代表均通德国语，能言善辩，的确尽了最大的努力。但是船长终于婉辞拒绝了我们的请求：那波利没有货物装卸，岂能支付一笔巨额的码头费以便我们登岸游览？我们失望了，但亦不能不承认船长的理由充足。

屈尔号离开了热那亚，沿着义大利半岛的长筒"马靴"南下，但只偶然可以望见陆地，看不到任何景物。数天之后，经过义大利半岛与西西利（Sicilia，英文称Sicily）岛之间的墨西拿海峡（Stretto di Messina，英文称Strait of Messina），可以瞭望东西两面的陆地，并且隐约可见活火山厄德那（Etna）的雄姿。过了这里，屈尔号便进入地中海，我们也就和欧洲告别了，大家都有点依依不舍。这一天晚上，我们一组六人在甲板上聊天，话题转到希特拉的纳粹政权，那位德国朋友很激动，说到德国这样搞下去，终归是会闯出大祸来的，也许导致各国的围攻，说不定竟会亡国，他将来便无家可归了。大家听了，不禁戚然。

从北非到上海

苏彝士运河沟通地中海与红海，使欧亚交通不必绕道南非好望角，缩短航程，这是地理常识，童稚皆知。这条运河为法国工程师雷塞布（Ferdinand de Lesseps）所创议开凿，工程历时十载，于一八六九年完成开放，为人类交通史上一件大事。一般人看了这些记载，总以为这样艰巨的一项工程当然是近代自然科学发达的成果，有了近代自然科学才能有这条运河，正是近代文明进步的象征。科学家如此自夸，大家也就相信他们。

但是学历史的人就不能完全接受了。在苏彝士地峡用人工开凿水道，上古的埃及皇帝早已有此概念，并且予以实施。远在四千年前，埃及皇帝便在地峡上开凿运河，从地中海通到红海北端的天沙湖（Bahra el Timsâh），实际上地中海和红海即已沟通。不料红海后来向南后退，天沙湖不复与红海相连，运河因失效用。公元纪元前第五世纪，埃及地方为古波斯所征占，波斯大帝翟奢士第一世（Xerxes Ⅰ）曾将运河延长，后来几位罗马皇帝亦曾先后予以修整。但是到了公元第八世纪，这条运河终于荒废了，经过一千多年才由雷塞布重凿重开。四千年前的埃及人，二千五百年前的波斯人，并没有现代科学知识，更没有种种器械，然而他们有的是劳苦大众，专制君主一声令下，几千万劳工齐集，人类双手万能，运河便开凿完成了。上古的运河何以终于荒废，史实已不可详考。以常理推之，该是因为运河原为军事之需要而开凿，后来军事需要丧失，而当时并没有多少欧亚间的货运，于是这条运河也就不能亦不必维持了。

屈尔号离开义大利热那亚之后，直驶埃及东北部港口沙宜港（Bûr Sa'id，英文称Port Said），有货装卸，停留一天。沙宜港是一个较新的城市，在近代开凿运河时才兴起的，尚不到一百年，但因运河的关系，已有十几万人口，市面颇为繁荣。在船将靠岸时，船主告诫旅客几件事。他说我们到了东方（Orient）了，情调和欧洲迥不相同。上岸之时，必须小心扒手，最好持一坚实的手杖或棍棒，有人走得太近兜售杂物时，不妨用手杖或棍棒将其驱逐，不可任其靠近身旁。亚拉伯的市场（bazaar）和娱乐中心（Casbah）都值得一看，那里非常拥挤，尤须特别小心。买东西时要讨价还价，贴地还钱，能减到三分之一，大致不差。交易之前必须细看货品，并且亲自监督其包装。船长这番话为的是保护旅客，用意纯正，我们自然牢记心头，虽则他开口便说"我们到了东方了"这句话，对我这位东方人不免有点刺耳，且看事实如何。

我所属的一组六人仍是结伴上岸，跳板一下便大吃一惊。我们的一双脚刚刚踏上埃及国土，便被一群鹑衣百结的小贩层层包围了。这些小贩最通晓旅客心理，他们第一个策略是将男女旅客分开。对于女客他们兜售饰物，串链、戒指、耳环成堆的摆在她们眼前，熙熙攘攘，把我们两位女客团团困住，逃脱不得。对于男客他们则是拉拉扯扯，要我们到市内去观赏埃及著名的肚皮舞，甚至于上勾栏，看淫戏。在我们表示无此雅兴时，更从袖里拿出种种猥亵不堪的春画，几乎以暴力强迫我们购买。我们六个人在码头上挣扎了半小时，好容易雇到一辆计程车，一拥而上，在并不宽广的市区里兜了一转，大家都觉得已经充分品尝到所谓东方风味，匆匆返船休息，半日之游，好像一场恶梦。埃及是世界史上的文明古国，其海口何以堕落到这步田地，真令人百思不得其解。翌日午间，船将启碇，甲板上又来了一大批小贩。我久耳埃及香烟的异味，向小贩买了一盒百支，外面有玻璃纸包装，讲妥价钱便买下来。付钱之后，打开盒子，原来装的是一张旧报纸，一支香烟也没有，抬头一望，小贩已经逃逸无踪了。这就是船长所谓东方！

话说这位法国工程师雷塞布，于修筑了苏彝士运河之后，名重一时，于是有人组织公司，推他主持，设计及建造巴拿马运河，建造巴黎铁塔的艾弗尔工程师也参加设计水闸。巴拿马运河之修建远不如苏彝士运河顺利，经费时感不足，扰攘数年，大名鼎鼎的雷塞布竟被人控告侵吞公款，对簿公庭，虽经当时著名律师为他辩护，终于判了徒刑，但未执行。雷塞布曾写了一本自传为自己辩白，说是疏于监督而非故意犯罪，这件轰动一时的公案就这样不了了之。

从埃及沙宜港起，我们走进了帝国主义和殖民主义的世界，自从离开义大利热那亚后，一直到上海，屈尔号所停泊的竟没有一个独立自主的国家，就是上海的黄埔滩码头也是在公共租界之内。这是一个令人怵目惊心的现象，正是屈尔号船长所谓的东方。

古老的埃及早已没落了。近代埃及是英国的保护国，苏彝士运河受着英国的严密控制。这条运河长度仅一百英里，也并不是什么了不起的伟大工程，两岸平沙无垠，疏疏落落的点缀几株棕树，偶然可以望见几幢简陋的房舍，但不见人烟，实在没有什么景物可观。然而在欧亚交通日渐发达的时代，这道运河是海运的咽喉，半数在欧亚间航行的船只在此通过，每年约有六千艘之多。屈尔号通过运河，即进入红海。乘客们很希望能在苏彝士停泊些时，以便可以登岸转乘火车到开罗一游，瞻仰金字塔的雄姿。但是船长又以苏彝士无货装卸为理由婉拒了我们的请求。

红海是一段漫长的航程，我唯一的印象就是热、热、热，热得终日终夜，汗流浃背，简直透不过气来。屈尔号只是一艘货船，舱里没有浴室，公共浴室中有浴盆四具，乘客轮流使用，每人可用半小时。洗冷水浴是我们在红海上旅行最高的享受，大家排班等候，一分钟都不肯牺牲，能在冷水里泡上半小时便觉神智清爽，虽则一出浴室后又是汗出如浆。乘客不必讲究衣着整齐，所穿的只是最单薄的汗衣短裤，有的男子索兴赤着上半身。但是同船的有五位天主教修女，就真苦了她们了。她们随时随刻都得穿着教服，纯黑色的长袍，头上顶着馄饨形洁白的大帽子，除面部外完全遮盖，在红海上是真够受的，旅客们无不寄以同情，但教规所限，她们是绝对不准穿便服的。天主教修女清规綦严，她们五位日夜厮守在一起，远处望见她们，彼此间有说有笑。然而一旦有人走近了，她们便肃静起来，除了点头问安外，绝对不和他人交谈，其笃敬虔诚的精神实在令人佩仰。

红海南端有两个口岸，东面为亚登（Aden），在阿拉伯半岛西南，为英国所属。屈尔号上旅客，经过红海这一段灼热的航程，都想着陆换换空气。亚登是一个较大的口岸，又为英国人占领多时，想必有可游之处，至少有些现代设备可供憩息，如果屈尔号可以停泊亚登，大家总是十分欢迎的。我们的船长有高度的警觉性，船在哪里停泊，他心里早已有数，但他严守秘密，往往在着陆的前一天才正式宣布。我们航行红海眼看就到尽头，难到毫不停留一直驶入印度洋吗？到了一天，船长在晚饭后宣布了，翌日清晨停泊吉布提（Djibouti）一天，亚登不靠岸了。吉布提这个地名是陌生的，原来位于东非洲，为法属索马利兰（Somaliland）的首府，人口只有一万五千人。我们听说从吉布提有火车可通阿比西尼亚（Abyssinia）首府亚的斯·亚比巴（Addis Abeba），不免心向往之，群相要求船长在吉布提多停两天，以便一游这个非洲古国。这是无理要求，当然为船长所拒绝。船抵吉布提时，尚未靠岸，即有一群黑人赤裸裸的泅水而来，要我们以辅币丢入海中，他们沉水检出。这本是每一个码头例有的把戏，只是这次所见是纯粹的非洲土著而已。吉布提这个小口岸实在是简陋不堪，全市只有一条稍为像样的街道，两旁都是草根树皮搭盖的房屋和店铺，猪犬同居，街道未铺路面，骤雨新晴，泥泞不堪。我们一组六人，照例一齐上岸，游荡一番，到了市中央的墟落，垄尘满天，这里没有名胜，没有古迹，山水景物亦无可观者，故匆匆在市街兜了一个圈子，便回船去了。午膳之后，我独自在甲板躺椅上打盹，忽然想起晨间在一个小摊上看见一件小型木雕人像，显为土著所制，造型和技巧均别具风格，扑拙浑厚，气概通疏，性灵豁畅，毫无矫揉造作的痕迹，故想买了下来作为我初次着足非洲大陆的一项纪念。此意既定，我于是重行上岸，先到法国银行以美金兑换了一些佛郎，于几经讨价还价之后，终于将这件雕像买了下来，价钱很便宜，颇为得意。当我正要离开摊位时，忽有两位土著走到面前，手持一把马克，向我兑换佛郎，言明一个佛郎兑换抵一个马克。照当时的兑换率是一个马克等于四个佛郎，他们所提的兑换率对我太便宜了，欺骗土著，于心不忍。这些土著都能讲几句法国语，为我解释说，德国船只停泊吉布提，乘客只有马克，没有佛郎。土著们为乘客服务，或出售物品，或作跳水捞钱表演，所得的都是马克，而当地银行不肯以马克兑换佛郎，故他们所有的马克，全无用处，如果我应允以一对一比率与他们兑换，则感激不尽。我在买了木雕人像之后，手头上只剩下少数佛郎，于是即以此比率和他们兑换了。谁知在交易进程中，又有几位土著，手持马克，央我兑换佛郎，不肯罢休。我于是再到法国银行，索兴将我所有的美金全部兑换成佛郎，然后照一对一比率和土著换马克，至将我手中的佛郎兑换完了为止。这项意想不到的交易使我的钱财在一小时之内增加了四倍，用一个麻袋装满了马克，回船去了。屈尔号既为德国货船，马克正是通货，就是用不完的马克，在船上也可兑换美金。我所做的这一笔金融生意是生平第一次，也将是唯一的一次。吉布提土著虽然在兑换率上吃了亏，但比率原是他们所提出的，不是我强迫他们接受的，何况他们拿着马克既无用处，我为他们兑换成佛郎，他们便有钱可花，在我应当扪心无愧。但是他们所提的兑换率，使他们吃亏太大，我总不免耿耿于怀。事隔多年，我邂逅了一位人类学家，为他述说这个故事。他为我解说道，非洲土著的木雕都是神像，我在吉布提所买的那座雕像，主题是神，我既远自外国而来，偏偏看中了这座神像，而且不辞劳苦，专诚登岸将其买下，带回中国，我的钱财顿时增加四倍，正是神的意旨，是神对我的报酬。非洲这个地方是神秘的，真可说是满天神佛，我的这段经验不过是一个注脚而已。

屈尔号出了红海即折向东行，不久即进入印度洋。船长虽然不预先说明下一站在哪里停泊，但在饭厅门前的告示牌上照例挂上一张图表，标示我们准确的地位及所行的方向。过了两天，我们注意到船正向东行而方向偏南，依地理常识判断，我们将不停泊印度的孟买（Bombay）。但是偌大的印度次大陆，南部并没有重要港口，想来下一站航程辽远，于是大家准备在船上度过一段漫长的时间，享受海洋航行的清福。

我国幅员，东部全面临海，而文化发展则始于中原地带，中国史乘上尽有几位伟大的航海家，他们和西洋的航海家一样，其志在探险和通商，郑和与麦哲伦不是文人，他们航海的经验都不曾谱为壮丽的诗篇。中国人是爱家乡的民族，离家远行向来被认为凄苦的事，远出海洋自然更非所愿为，故海洋对他们是陌生的，亦似无特殊的兴趣。唐代有一位身世不明的诗人名周繇者，留下了一首五言律诗《海望》，其词曰：

> 苍茫空泛日，四顾绝人烟。
> 半浸中华岸，旁通异域船。
> 岛间知有国，波外恐无天。
> 欲作乘槎客，翻然去隔年。

这位诗人居然不怕远离乡井，而有乘槎浮海的雄心，我们虽然不知他究竟曾否实现他的志愿，他望海而生此壮志就已经很难能了。

我国绘画以山水最为擅长，而荆、关、董、巨所绘的"水"只限于川流湖泽，山涧幽泉，而没有真正的海景。宋代的陈容，董羽，长于绘"龙水"，画中波涛飞舞，浪花溅发，最近于海景。但他们的画以龙为主题，陈容和董羽既未见过龙，亦初无海航的实际经验，龙是想像中出来的，水花则是龙搅出来的，都不是自然的现象。综观中国美术，海景绝无仅有，一千年来余脉相承，当今海禁大开，亦尚无弥补这个缺憾的征象。

海洋航行最大的乐趣是与大自然直接接触，令人充分领略造化的瑰丽与雄奇。一叶孤舟在茫茫大海上飘游，令人感觉到自己的渺小，沧海一粟，完全受着海洋的控制，好像一经上船便将命运付托给大自然，任凭其安排和摆布。海洋的情绪是变化无常的：海洋可能是温柔敦厚的，令人感觉得恬静安祥；海洋可能蠢蠢欲动，令人感觉得神志不宁；海洋更可能勃然震怒，令人胆战心惊。海洋有动作，有声音，有颜色，有气味。有时海涛在低声倾诉，柔和而富有韵律；有时则在疯狂的呼号，躁急而激越。海洋碧波万顷，茫无涯际，但永不使人感觉到寂寞和单调。海洋的景色是看不尽的，无论在清晨或傍晚，午间或深夜，海洋总在表演，多彩多姿，目不暇给。旭日东升，晨曦熹微，是一景；月白风清，波涛荡漾，又是一景。风和日丽，海面一平如镜，是一景；雷电交作，白浪滔天，又是一景。这些都是海洋的语言，海洋的音乐，海洋的哲学，为人讲述多少故事：古老的、新奇的、快乐的、凄楚的、悲壮的、辛酸的、浪漫的、愁苦的，在在启示人生的神秘和真谛，该为文学家提供多少灵感！

　　离开红海以后，我们挣脱了非洲和亚拉伯沙漠的炎威。印度洋虽然也是燠热的，但究竟是大洋，爽亮得多了。屈尔号进入印度洋的头几天，风平浪静，晴空万里，使我们能够充分欣赏海洋的景色。海景最大的特色是其单纯性，中心题材之外别无任何点缀，和陆地景色完全不同。在海洋上看日出，所见的是太阳从天际冉冉升起，初时是火红的，渐渐变成橙黄的，最后则是一片纯光。日出是大自然一项杰作，而且每天例必上演一次，亿万年从未脱期。在这出表演中，太阳是主角，海洋是配角，故事简单，没有任何穿插。这里没有山峦，没有林木，没有茅屋，没有归鸦，也正因为没有这些点缀，所以显得特别伟大与壮阔。海上的月夜是令人陶醉的，何况月有阴晴圆缺，最易惹人深思。西洋人遇到月夜，少不得联想到男女的爱情，若不采取实际行动，至少发为浪漫清丽的歌声。我们一组六人中，白俄女子最长于音乐，每当月白风清之夜，她例必为我们清歌几曲，大大的添增了海上旅行的情趣，使我们这六位萍水相逢的游伴，彼此间益增亲昵。她所唱的歌词，热情奔放，从无乡愁客恨的感叹，只是积极追求眼前的欢乐，绝不作无病的呻吟。我们深知她的身世飘零，但在歌声中是一点都听不到的，使我领悟到东西人生哲学的异同。

屈尔号在印度洋航行几天之后，风势渐渐大起来，海上波涛汹涌，大家都知道我们遇到季候风（Monsoon）了。季候风是每年必来的，有一定的季节，夏季生西南风，冬季生东北风，Monsoon这个字就是亚拉伯文"季候"的意思。船上的人，自船长以下，听到季候风情绪便紧张起来，好像是大难临头，大家都准备作一场艰苦的奋斗，而且吉凶难卜，有赖于命运的安排。果然有一个夜晚，屈尔号进了季候风的地带，斜风豪雨，全船随巨浪而簸荡，我舱房中放置在桌面的什物，全部甩在地面，玻璃器皿，有的摔碎了，有的则在不断的滚转。我所睡的床，若不是一面有墙，一面有栏杆挡住，我的身体也被抛在地上了。翌晨起来，到餐厅用早膳，只有三数个人，其他不是呻吟于床褥之上，便是在甲板上凭栏倾肠呕吐。我幸而天生不晕船，但是心里总觉闷闷的，无精打采，看书谈话是办不到了，只有躺在椅上消磨时间。到了午间，饭厅中仍然只有几个人，大家饮食时，用的都是高边的碗碟，盛汤索兴用巨型的白兰地酒杯，双双捧着一摇三摆的送到口边，倒进口里就是了。季候风是大自然的一出重头戏，每年依时上演，波澜壮阔，其威势之猛烈，场面之雄伟，至今回想起来还有点谈虎色变。说到晕船，虽然不是疾病，但有时比疾病还难受。这次我们遇到季候风，船上乘客大半晕船，连照顾我的舱房的德国侍者也倒下来了。我曾问大副,何以在船上的服役者也晕船?他的答案是晕船只是不能适应簸荡的一种现象,有过几次经验,身体自会适应,故可以历练出来。轮船公司招募海员从不测验应征员是否晕船,只在头几次指派他们担任不甚重要的业务,待他们航行过几次之后,自然便不复晕船了。

季候风一连吹了五天,屈尔号终于冲出了其线路,忽然有一天便不见了,风和浪静,一切恢复正常,乘客们好像经过一场恶梦,苏醒过来,大家面上都好像有点病容,几天未进正常饮食,都消瘦清癯些了。

果然不出我们所料,屈尔号下一站是锡兰(Ceylon)首府哥伦坡(Colombo)。

锡兰这个地方,我国古称《师子国》,其名首见晋高僧法显的《佛国记》,古时与我国往来频繁,自五代起正史即开始有传,其后《岛夷志略》、《诸蕃志》、《瀛涯胜览》等书对之均有简略的记载。法显是在晋义熙八年(四一二年)从印度东部恒河(Ganges River)入海处乘船到锡兰的,他所乘的是"商人大舶","泛海西南行,得冬初信风,昼夜十四日,到师子国"。法显在此住了两年,写佛经,画佛像。他的观察是"其国和适,无冬夏之异,草木常茂,田种随人,无有时节";"其国立治以来,无有饥荒丧乱,众僧库藏多有珍宝无价摩尼(珠)";"其城中多居士长者,萨博商人,屋宇严丽,巷陌平整,四衢道头,皆作说法堂"。《岛夷志略》称哥伦坡为"高郎步"，说：

> 其地湿卑田瘠，米谷翔贵，气候暖，俗薄。舶人不宰失
> 风或驻阁其地者，徒为酋长之利，舶中所有货物多至全璧
> 而归之，酋以为天赐也。

《诸蕃志》称锡兰为"细兰"，说：

> 其王黑身而逆毛，露顶不衣，上缠五色布，蹑金线
> 红皮履，出骑象，或用软兜，日啖槟榔，练真珠为灰……
> 国人肌肤甚黑，以缦缠身，露顶跣足，以手掬饭，器皿用
> 铜……

锡兰远在刘宋元嘉五年（四二八年）即奉表文帝，呈献佛像。
史乘上载称，锡兰送来的一座佛像，经十年始到中国，像高四
尺二寸，"玉色洁润，形制殊特，殆非人工"。此一尊玉佛，供于
瓦官寺，这座寺里同时有戴逵手自塑制佛像五躯，又有顾恺之
所画的维摩诘像，连同锡兰玉佛，时称"三绝"。谁知南齐永
元二年（五〇〇年），东昏侯竟将锡兰玉佛毁了，先截其臂，次
取其身，为嬖妾潘贵妃作钗钏。

中国与锡兰关系最紧张的一幕发生于九百余年之后。根
据《明史》中《锡兰山传》的记载，明代永乐年间（一四〇三

至一四二四年），三保太监郑和出使西洋，到了锡兰，锡兰王亚烈苦奈儿欲加害于郑和，郑和离去了。锡兰王和邻境不睦，屡劫邻国使臣。郑和重到锡兰，王诱他到国中，发兵五万劫郑和，和乃率步卒二千间道乘虚攻拔其城，生擒王及妻子头目，献俘于朝廷。锡兰王被俘到中国，群臣主张将他杀掉，但永乐帝悯其无知，将他全家都释放了，并且给予衣食，而命择其族中之贤者立之为玉。有一人名邪把乃那，诸俘囚咸称其贤，永乐帝乃遣使赍印诰封为王，其旧王亦遣归。《明史》说："自是海外诸蕃益服天子威德，贡使载送，王遂屡入贡。"但是锡兰的朝贡到英宗天顺三年（一四五九年）即行中止，以后不再来了。

以上拉杂录出我国文献中有关锡兰记载几段，无非是作为这次我旅游哥仑坡的背景。其实我这次到哥仑坡只有一天时间，不过是结伴到岸上走走，看看街市，参观了几处庙宇而已，谈不到有什么特殊的见闻。锡兰在历史上屡次为印度所征服，后来葡萄牙和荷兰人亦曾占领其一部分，到了第十九世纪初年，更为英国人所全部征服，遂沦为英属殖民地。这次我到哥仑坡所见的景象，英属殖民地的色彩十分浓厚，尤其是官府衙门，几乎一律都是"殖民地式建筑"（Colonial Architecture），笨重而缺乏美感，令人生厌。犹想五百年前，郑和在锡兰是何等的威风，但是时至今日则一点点痕迹都没有留下，锡兰人也大都不知道郑和其人，明史自夸"自是海外诸蕃益服天子威德",此时早已荡然无存了。这就是典型的中国作风。

从锡兰东行,几天之后即进入我国古时所谓"西洋",近代所谓"南洋",英国人所谓"远东"或"东南亚"。这些方向的名称自然都是相对的。我国传说最古的出国探险是秦时徐福之入海求仙人,仙人在海中蓬莱、方丈、瀛洲等三神山,徐福携带童男女数千人前往,是从中国海岸向东行的。这个载在《史记·秦始皇本纪》的故事原不足信,虽则至今还尽有日本人和中国人信之,日本各地都有徐福的庙宇,香火不绝。可信的是隋炀帝大业三年(六○七年,日本推古天皇十五年),日本的圣德太子派遣小野妹子使隋,其所携的国书上有"日出处天子致书日没处天子,无恙!"一句话,说明就中国而言,日本是东方,就日本而言,中国是西方。除了到日本以外,中国古时出国探险的都是向西而行,张骞去的是西域,法显、玄奘出国求佛法都是向西行,郑和七次出海去的是他所谓西洋。以上的方向名词都是以中国为本位的,张骞、法显、玄奘、郑和所去的都是在中国都城以西的地方。

到了近代,探险家不复是中国人而为欧洲人。探险家自欧洲出发是要到东方去,越走越远,终于到了中国。在他们漫长的途程中,远近要有所区别,故其后有"近东"、"中东"、"远东"等等名词。第十八及第十九世纪,英国建立了庞大的帝国,在地理方向一律以伦敦为中心,在伦敦以东的就是东方,在伦敦以西的就是西方。这些地理名词为世界所普遍应用，连中国本身也自称为"远东"地区，这个伦敦本位主义至今未变。

屈尔号这次航行是从欧洲出发的，自直布罗陀转入地中海后一直东行，苏彝士运河属于中东地带，印度和锡兰已算是远东，现在则通称为南亚细亚。离开哥仑坡之后向东南行，即为英国人所谓东南亚，我国人现在所谓南洋。屈尔号系欧亚间的货船，所装载的多为自欧洲输往东南亚一带地方的货物，故一连停泊了数处港口，都是西方列强的殖民地，构成各大小帝国的一部分，就当时的状况列举如下：

槟榔屿（Penang） 英属海峡殖民地（Straits Settlement）的一部分，为马来亚半岛西面的一个外岛。

麦丹（Medan） 荷属东印度，苏门答腊（Sumatra）岛上一个重镇，其海口为贝拉湾（Belawan）。

新嘉坡（Singapore） 英属海峡殖民地的一部分，地位冲要，为亚洲重要商港之一。

马尼剌（Manila） 美属菲律宾群岛的首府，亦为其最重要的港口。

香港 我国南海中的一个岛屿，清道光二十二年（一八四二年）中英鸦片战争后，缔结《南京条约》，割予英国，为英属皇家殖民地（Crown Colony）。

基隆 我国台湾北部港口，清光绪二十一年（一八九五年)中日甲午战争后，缔结《马关条约》，将台湾割予日本，为日属殖民地。

以上六处港口，屈尔号均曾停泊，装卸货物，惟时间最多两天两夜，我们只能登岸作例行观光，大致看看就是了。

与我同船的一组六人，在到了南洋后也有点变化。前文提到我们这一组中有一位印尼青年，他是在荷兰鹿特丹港上船的，到了苏门答腊的麦丹时，他已回到他的祖国，脱离了我们的队伍。在屈尔号到达麦丹时，他曾邀我们到市内一家餐馆聚餐话别。这是很讲究的地方，座上的客人大都为荷兰人，食的则是西化的印尼菜肴，最道地的是各种烤肉，印尼人称之为Sate，其制法是将牛、羊、鸡肉切成小方块，穿串在细竹条上，以炭火烤熟食之，其味鲜美之极。我们了解这种上等的餐馆是专供殖民者享受的，一般印尼人民根本不敢问津，这位印尼朋友在此邀宴我们，也真破费了。我们六个人，四男二女，来自六个迥不相同的国家，以前全不相识，只因机会的巧合，在屈尔号朝夕相处了一个多月，足迹遍及欧洲、亚洲，有过不知多少共同的经验。现在有一人将要离开了，大家都觉得依依不舍。然而我们心里都很明白，这样的凑合是不会长久的，天下没有不散的筵席，分手之时分手就是了，用不着悲伤，更谈不到眼泪。我们这次麦丹餐会是极度欢愉的，酒酣饭饱之后我们送主人上火车，回到他的家乡，车厢一别，便再也没有他的音讯了。

自从到了槟榔屿以后，我们这一组的领队乌拉圭人，坚请辞去领队之职而推荐我继任。这是因为南洋是中国人的天下，槟榔屿的人口半数以上都是中国人，街道上的市招都是中国字，由我来担任领队自然便利些。这不过是就问路、雇车等事而言，其实我对南洋地方和其他各人一样的陌生。我曾听一位菲律宾历史学家说过，亚洲国家就好像监狱里的囚犯，彼此毗连而居，但互不相识。这句话是真确的，也是最可痛心的。古时的情况，不必说了。就是在海通以还，中国人对于周围的邻邦所知亦极有限。就以当时我本人来说，我稍为知道一些西洋历史与文化，到了欧美各国并不感觉生疏。但是我对于中国的许多邻邦，所知的最多不过是一鳞半爪，而且连这一点点也都是从欧美的书籍读得来的，想来怎不令人羞愧？我到了锡兰，我所知的只是关于法显与郑和的两段故事，说起来都是由于法国学者的研究所引起的。我对于英国历史文化远较对于印度历史文化为熟悉，至于印尼、马来亚、菲律宾这些地方的历史文化则所知极少。这次我到了槟榔屿、麦丹、新嘉坡、马尼剌等处，看见满街都是中国人，中国市招，有的地方风光和中国初无二致。但是这许多中国人是怎样来的？他们何以选择这些地方来侨居？他们曾否遭遇困难？曾否有过惊天动地，可歌可泣的史实与故事？曾否有过出类拔萃的英雄人物？南洋各地究有多少华侨？他们的经济状况如何？文化生活如何？政治地位如何？与当地政府关系如何？前途展望如何？这一连串的问题萦绕在我的心头，但是我完全无法解答。我是幸而受过高等教育的，回国后或将在大学里担任教职，社会也许竟尊称我为知识分子。然而我到了南洋，担任了我这一组的领队，大家向我提出许多问题，而我所能做到的只是在新嘉坡领他们食了一顿中国饭，教他们怎样用筷子夹菜扒饭，并凑巧在街头看了一场锣鼓喧天的舞狮而已。这两件事竟然是中国文化在海外的代表作，至今不渝，就不知从何说起了。这次南洋数地之行使我惭怍，立下决心将来抓住机会切实的补救这个缺憾。幸而日后我得到机会在南洋服务相当时期，认识了几个地方，并且和当地华侨社会有广泛和深入接触的机会。这是我毕生最大的幸运，拓展了我知识的领域，充实了我的经验，但这些都是后话，此处暂且不谈。

屈尔号到上海前所停泊的两个港口——香港与基隆，均原为我国领土。我是广东人，能操省城话，在南洋一带虽亦稍有用场，到了香港就真是到了家乡了。船在香港，只停一日一夜，我们一组照例登岸游览，同时我也趁机探访我的姨父姨母。姨父黎季裴丈是香港的富裕人家，幼年时在家我常代母亲与他家通信，故记得住址为罗便臣道妙高台十号。我在香港市中心打听怎样去法，发现妙高台名副其实是在山顶上，须乘轿攀登。我找到一顶轿子，讲妥价钱，一直到了黎宅，姨父姨母看见我忽然到临，非常高兴，当即招待茶点，用过后我便离开了，因为当晚游伴们要我带他们逛街，并共同食一餐上好的广东筵席，我不能使他们失望。

屈尔号到基隆停泊是临时决定的，大家都很欢迎，我能够到日治台湾的港口看看自然更为高兴。基隆照例是在蒙蒙细雨之中，一切都显得阴翳晦暗，似乎没有什么胜景可寻。这里既为日属殖民地，理应尝尝日本烹调的风味，于是一组五人进了一家日本料理店，照例脱去鞋子，榻榻米（叠）上盘膝坐下，穿着鲜艳和服的侍女为每人端一杯清茶来，真是到了另外一个世界。这次我们食的是刺身（生鱼）、天妇罗（炸鲜虾）、剥烧（烧牛肉）等日本名菜，大家都是生平第一次品尝，心情上不免有点紧张，尤其鱼片生食，心理上有点保留。但是几杯温暖清酒下肚之后，大家都胆壮起来，大吃大嚼，账单送来，贵得惊人，大约这里又是只有殖民者和观光客才去的地方。

　　经过五十八天的航程，屈尔号终于将我载到祖国的第一大港——上海，计自我于民国十七年夏秋之间出国留学，从上海放洋，到我回到上海，为时整整五年。我所属的一组现只剩下五人，其中有四位是以上海为目的地的，只有那位德国籍青年继乘屈尔号前往横滨。有人提议我们五人应当在上海叙别，但是大家在上海都有亲友，谅必为我们早有安排，尤其是那位英籍新娘，恐怕是绝难分身的。于是我们就在屈尔号抵达上海的前夕，即在船上开了几瓶香槟痛饮一番。我们知道明天就要分手了，将来也不会再聚在一起了。是夜皓月当空，已有点秋意，甲板上清风拂面，精神特别抖擞。白俄小姐那天晚上穿上了晚礼服，打扮得娇艳动人，为我们清歌一曲，所唱的是一种当时流行歌曲，抱着吉他琴边弹边唱，余音袅袅，飘上黄埔滩头的上空。歌名是《维也纳夜歌》，原词是德文的，兹就记忆所及，试译如下：

当你人生的赛程跑完之后，
不论是胜是负，
你会永远记得维也纳。
那些欢乐的夜晚，
那片轻快的心情，
大家合起来唱一首甜蜜的歌曲。
你会回想到五月的傍晚，
情人来了，但又走了。
他是从何处而来，去了何处，
维也纳是永远不让你知道的。
他是从何处而来，去了何处，
维也纳是永远不让你知道的。